W9-ASC-163

CPS-Morrill ES

3245712100072 7

Dahl, Michael   GN SP FIC DAH
La bella y la bestia : la novela . . .

DATE DUE

GN   BC#32457121000727 $17.99
SP   Dahl, Michael
FIC   La bella y la bestia : la
DAH   novela . . .

Morrill ES
Chicago Public Schools
6011 S. Rockwell St.
Chicago, IL 60629

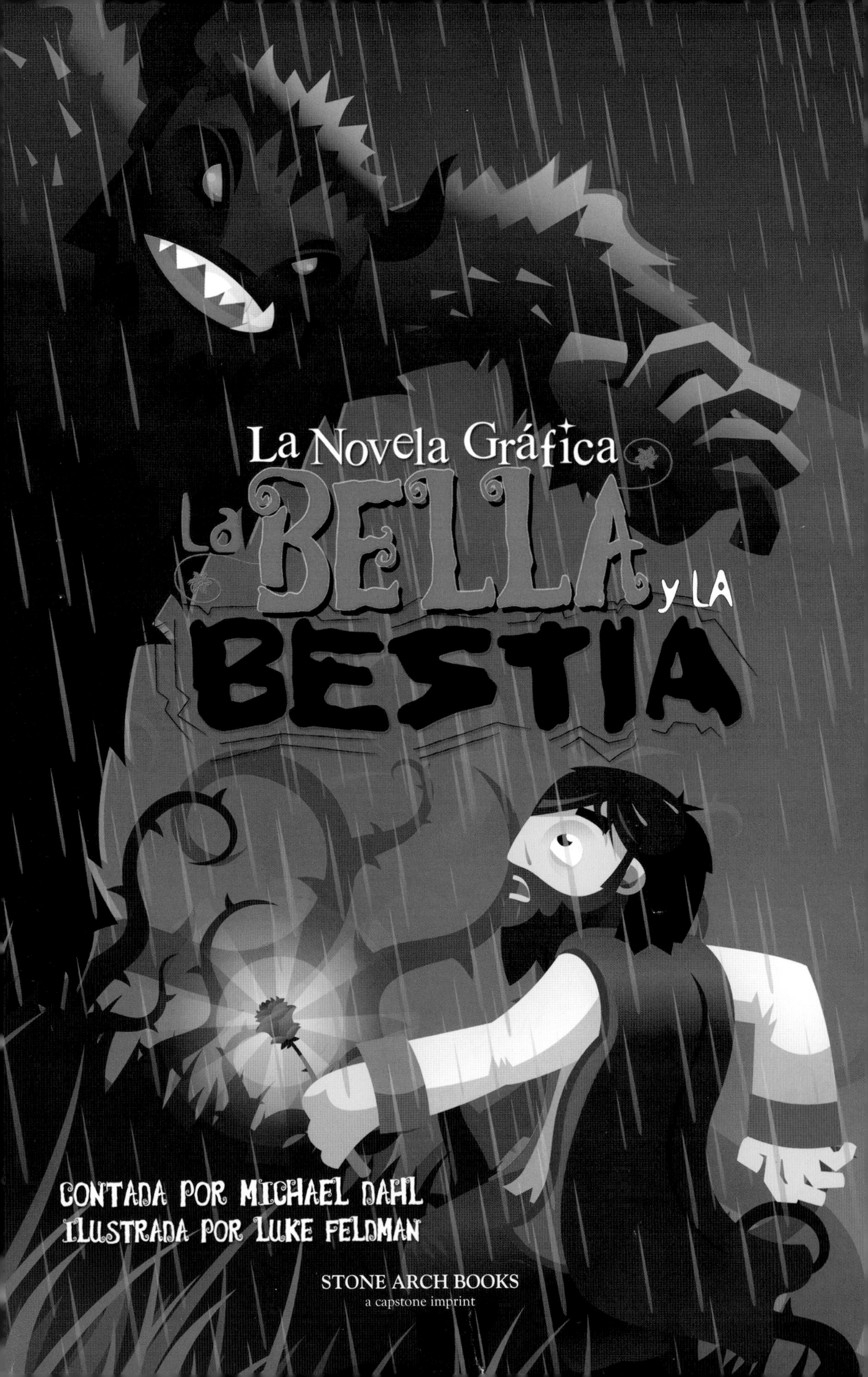

La Novela Gráfica

La Bella y la Bestia

Contada por Michael Dahl
Ilustrada por Luke Feldman

STONE ARCH BOOKS
a capstone imprint

Graphic Spin es publicado por Stone Arch Books
A Capstone Imprint
151 Good Counsel Drive, P.O. Box 669
Mankato, Minnesota 56002
www.capstonepub.com

Copyright © 2010 Stone Arch Books

Todos los derechos reservados. Ninguna parte de esta publicación puede reproducirse, ya sea de
modo parcial o total, ni almacenarse en un sistema de recuperación de datos o transmitirse de
cualquier modo o por cualquier medio electrónico, mecánico, de fotocopia, grabación, etcétera, sin la
autorización escrita del editor.

Impreso en los Estados Unidos de América, Stevens Point, Wisconsin
092009
005619WZS10

Data Catalogada de esta Publicación esta disponible en el website de la Librería del Congreso.
Library Binding: 978-1-4342-1899-5
Paperback: 978-1-4342-2269-5

Resumen: En un bosque oscuro, un mercader recoge una rosa para su hija Bella. La flor pertenece a
una bestia terrible. Para salvar su vida, el mercader promete a la criatura una visita de su hija. Con el
tiempo, a Bella le agrada la bestia. Pero ¿llegará alguna vez a amarla?

Dirección artística: Heather Kindseth
Diseño gráfico: Kay Fraser
Producción: Michelle Biedscheid
Traducción : María Luisa Feely bajo la dirección de Redactores en Red

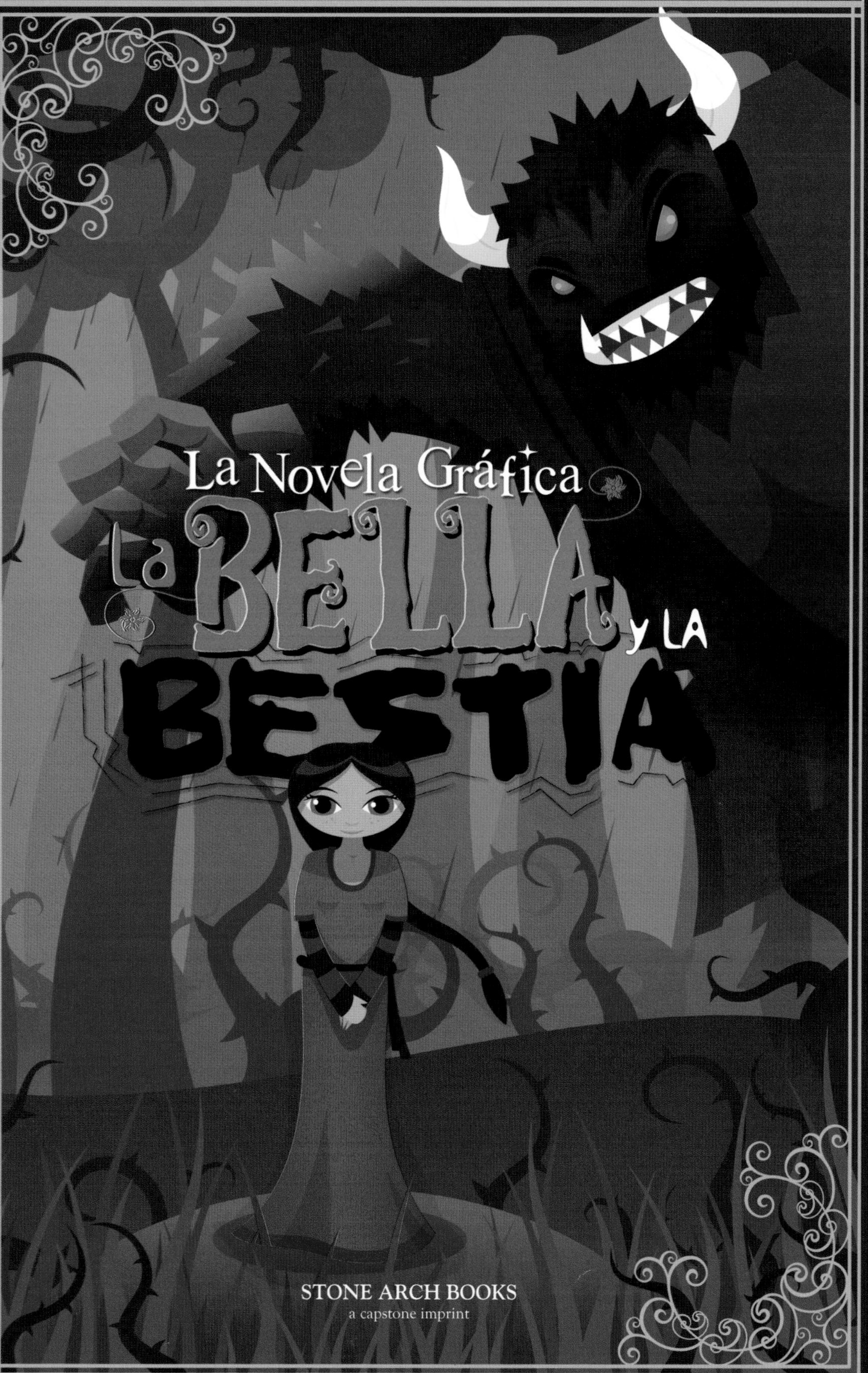
La Novela Gráfica
La BELLA y la
BESTIA
STONE ARCH BOOKS
a capstone imprint

PERSONAJES

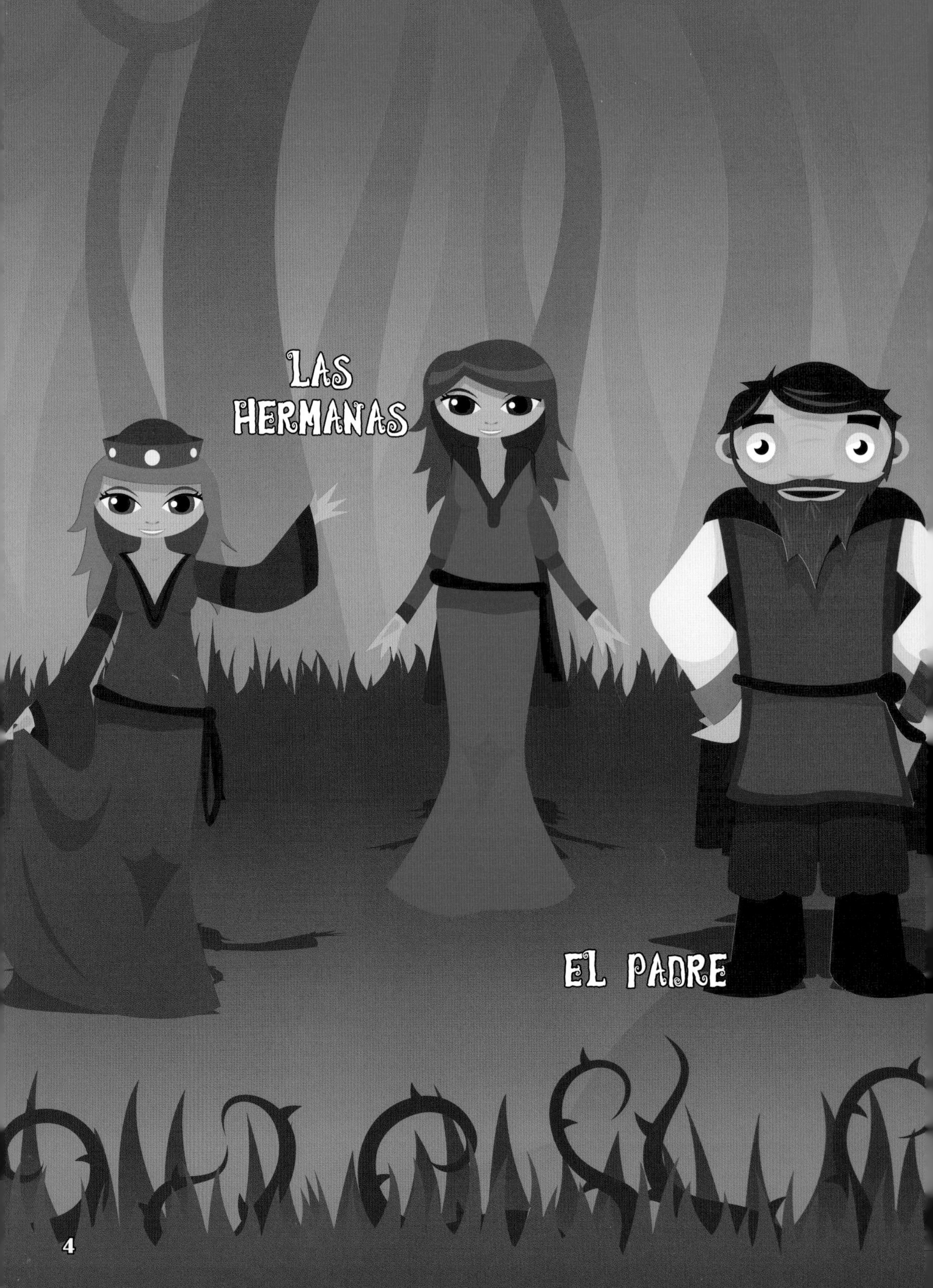
LAS HERMANAS
EL PADRE

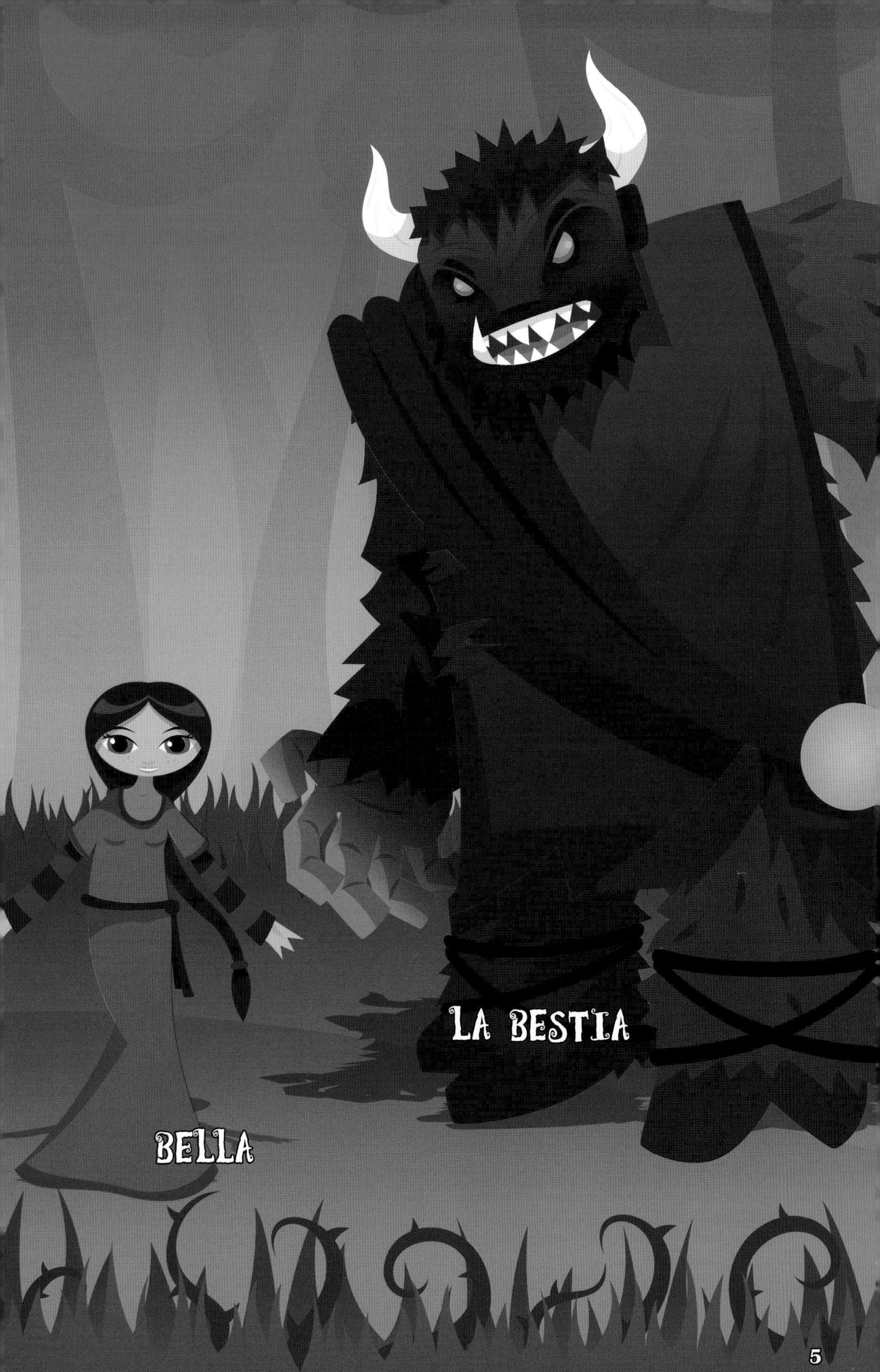
LA BESTIA
BELLA

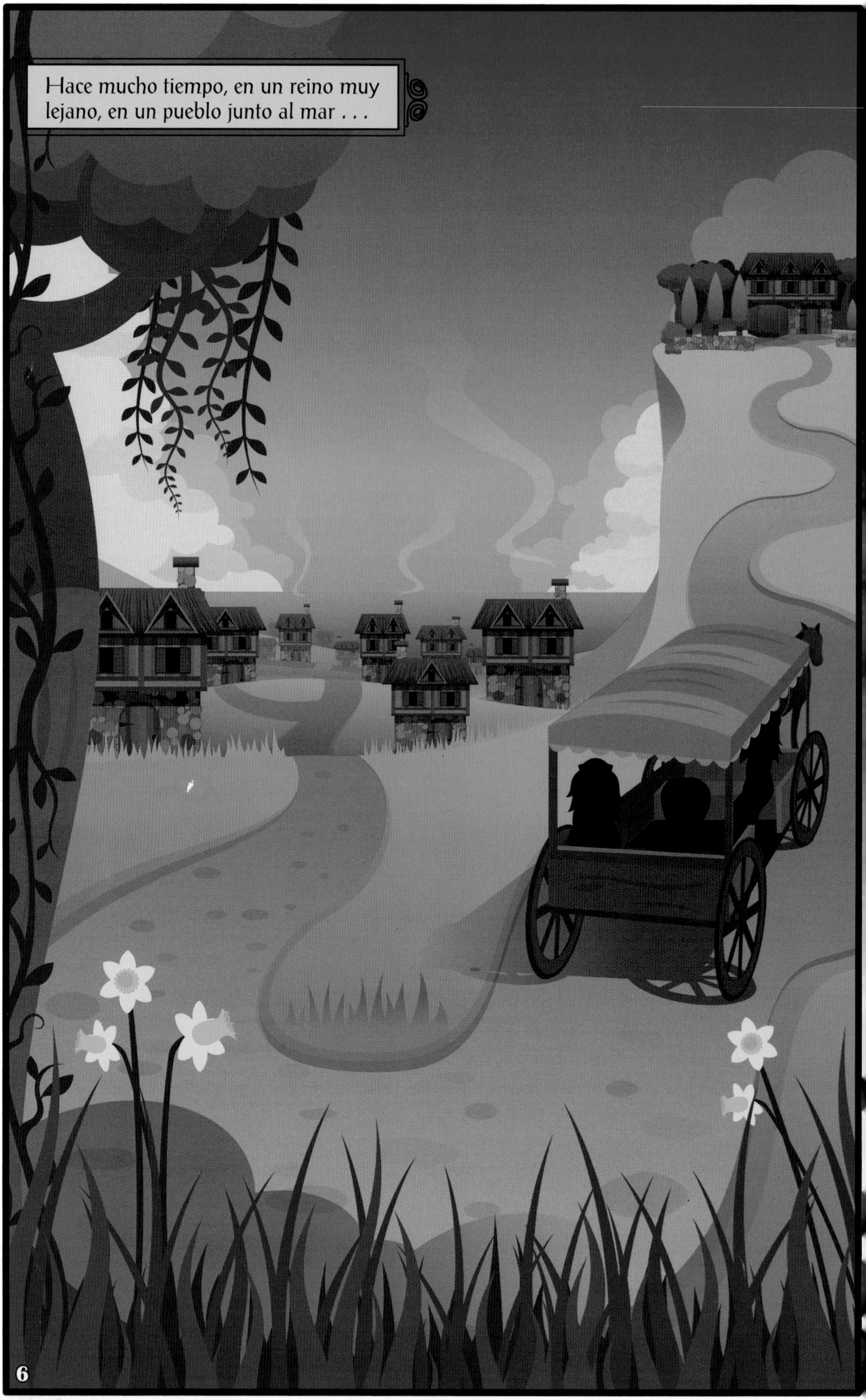
Hace mucho tiempo, en un reino muy lejano, en un pueblo junto al mar . . .

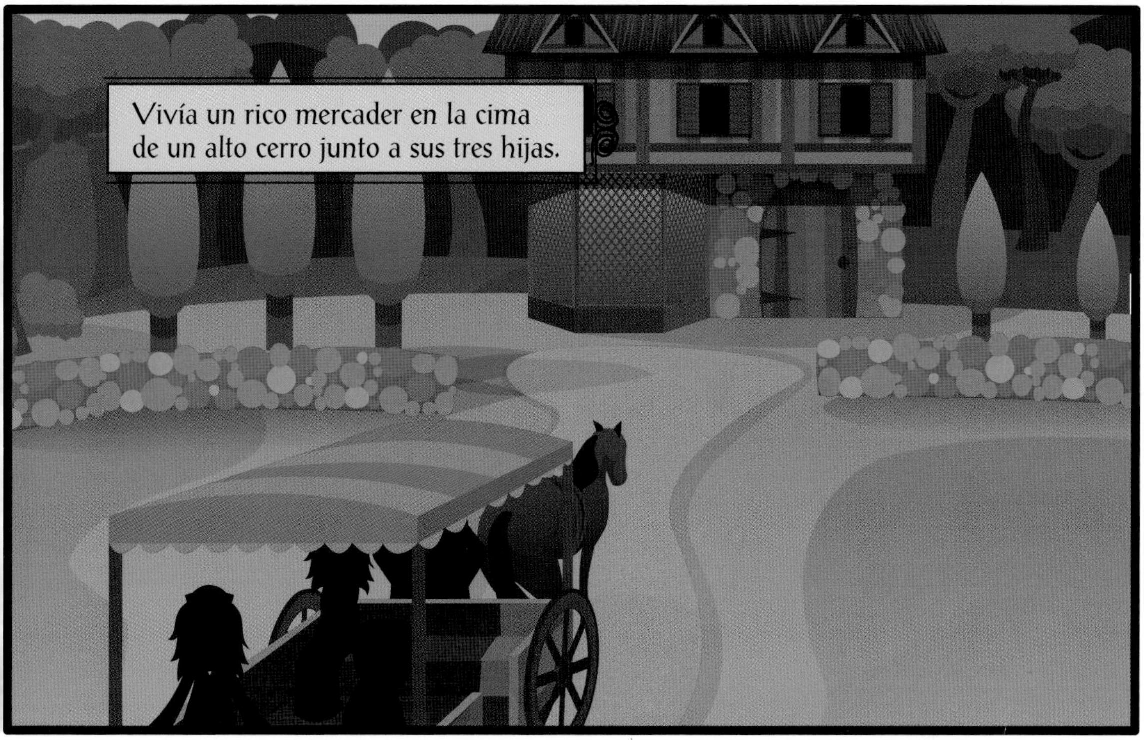
Vivía un rico mercader en la cima de un alto cerro junto a sus tres hijas.

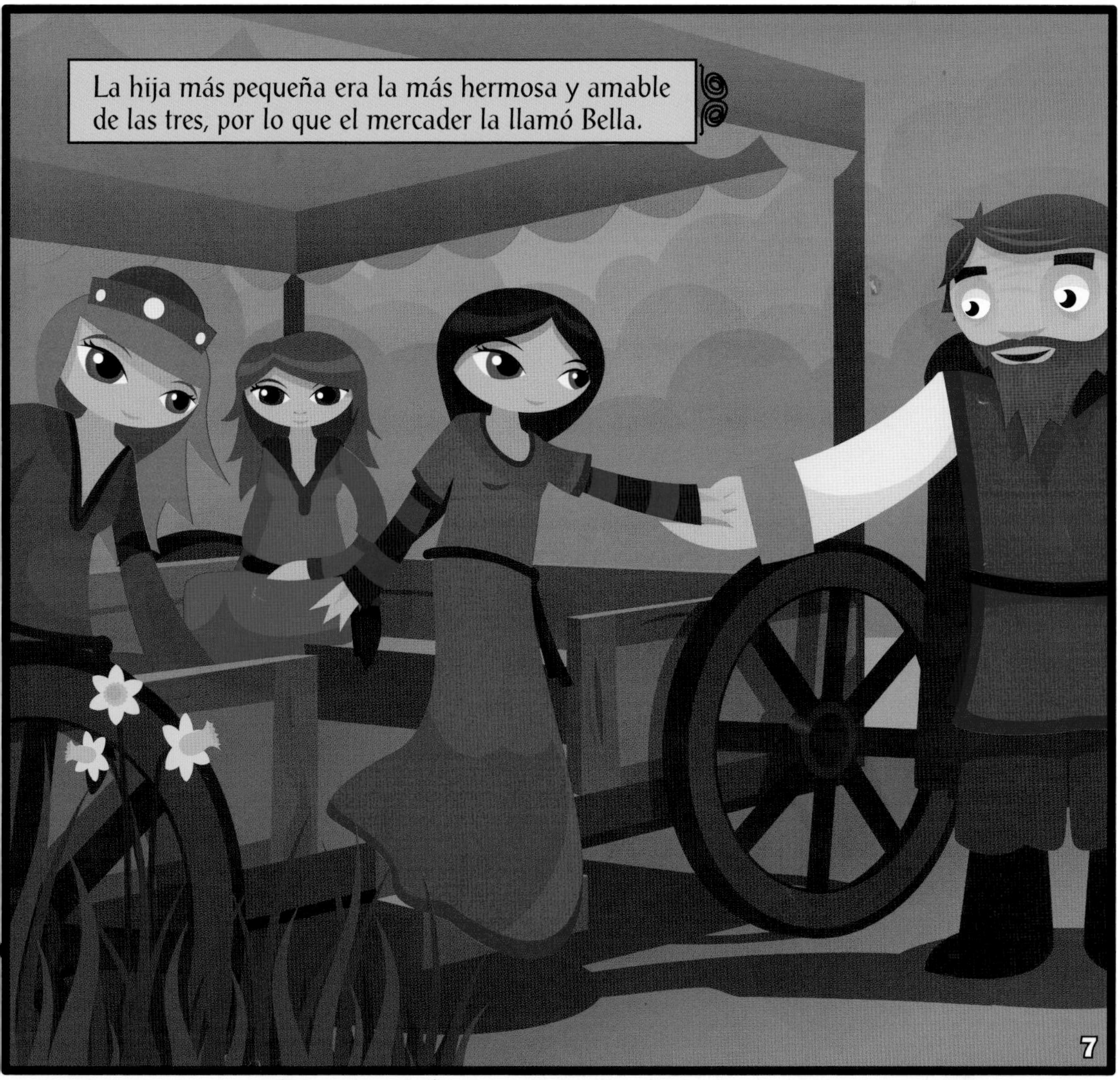
La hija más pequeña era la más hermosa y amable de las tres, por lo que el mercader la llamó Bella.

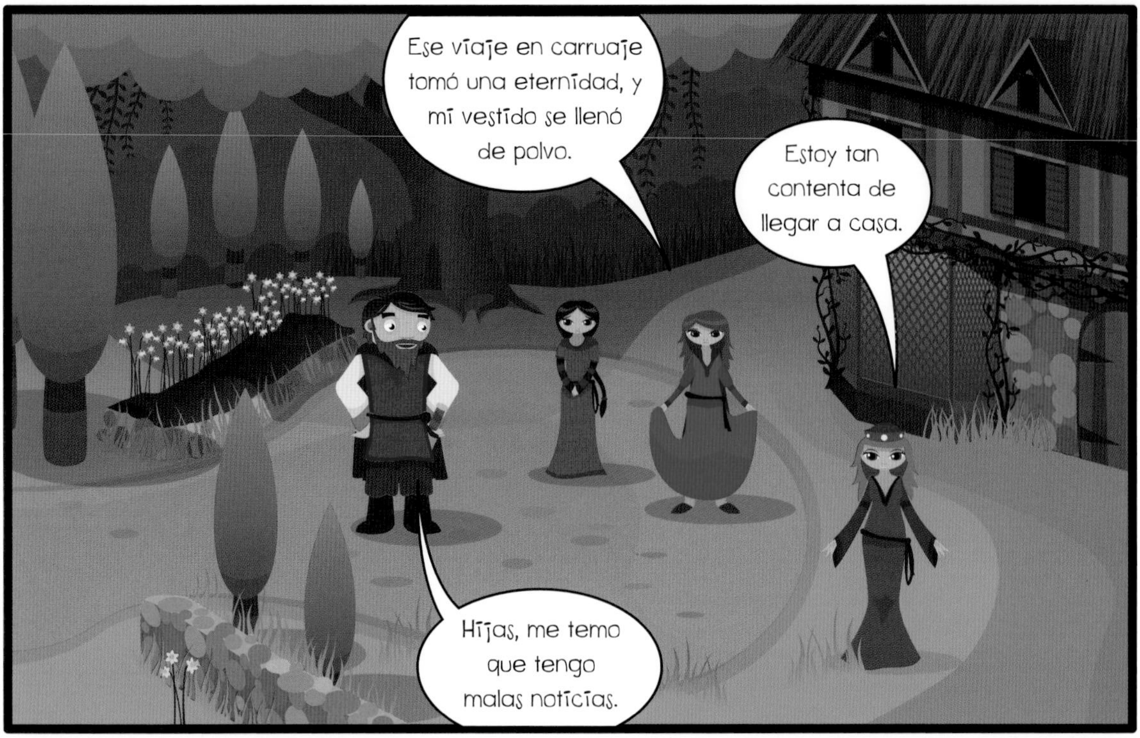
Ese viaje en carruaje tomó una eternidad, y mi vestido se llenó de polvo.
Estoy tan contenta de llegar a casa.
Hijas, me temo que tengo malas noticias.

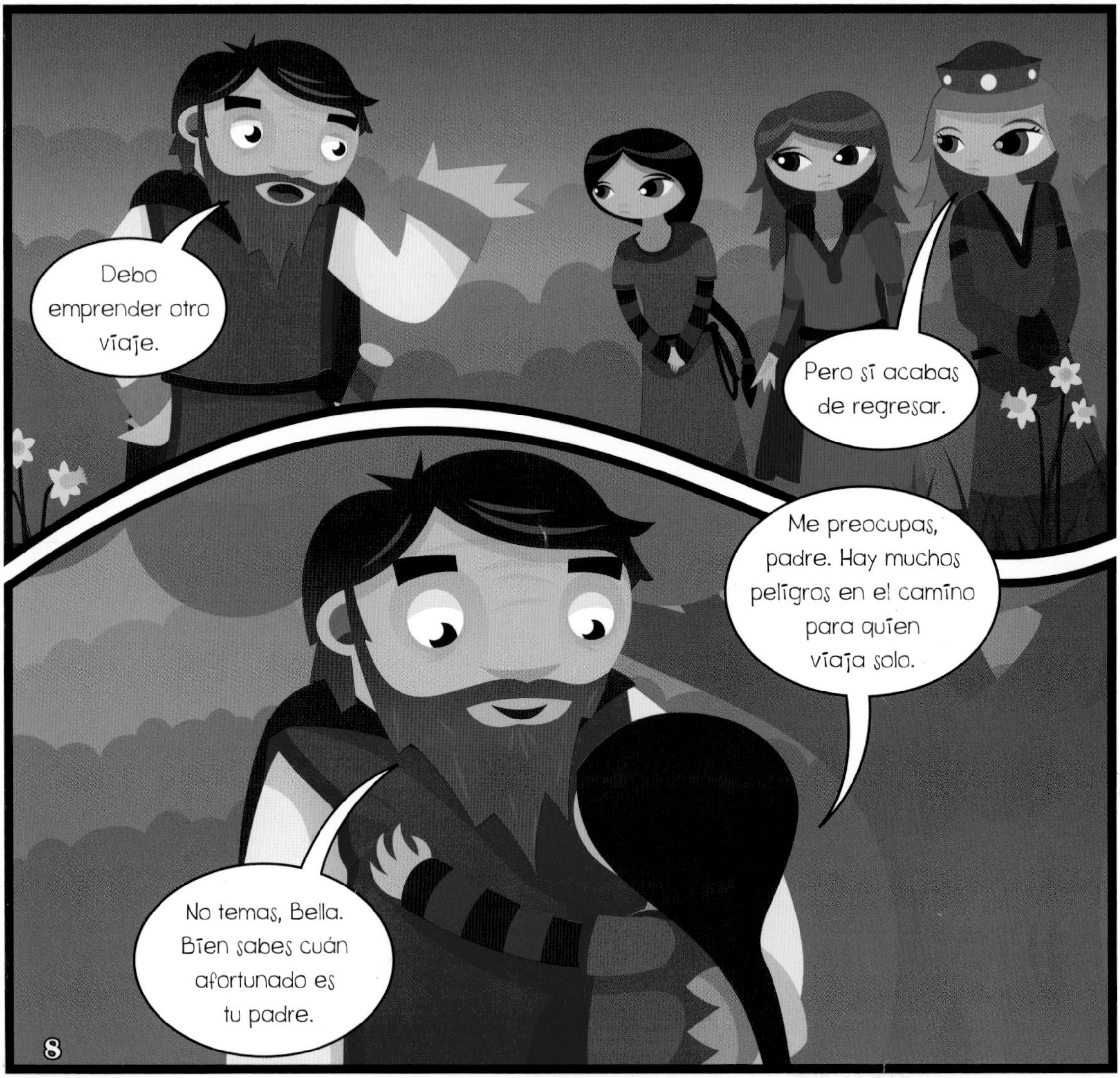
Debo emprender otro viaje.
Pero si acabas de regresar.
Me preocupas, padre. Hay muchos peligros en el camino para quien viaja solo.
No temas, Bella. Bien sabes cuán afortunado es tu padre.

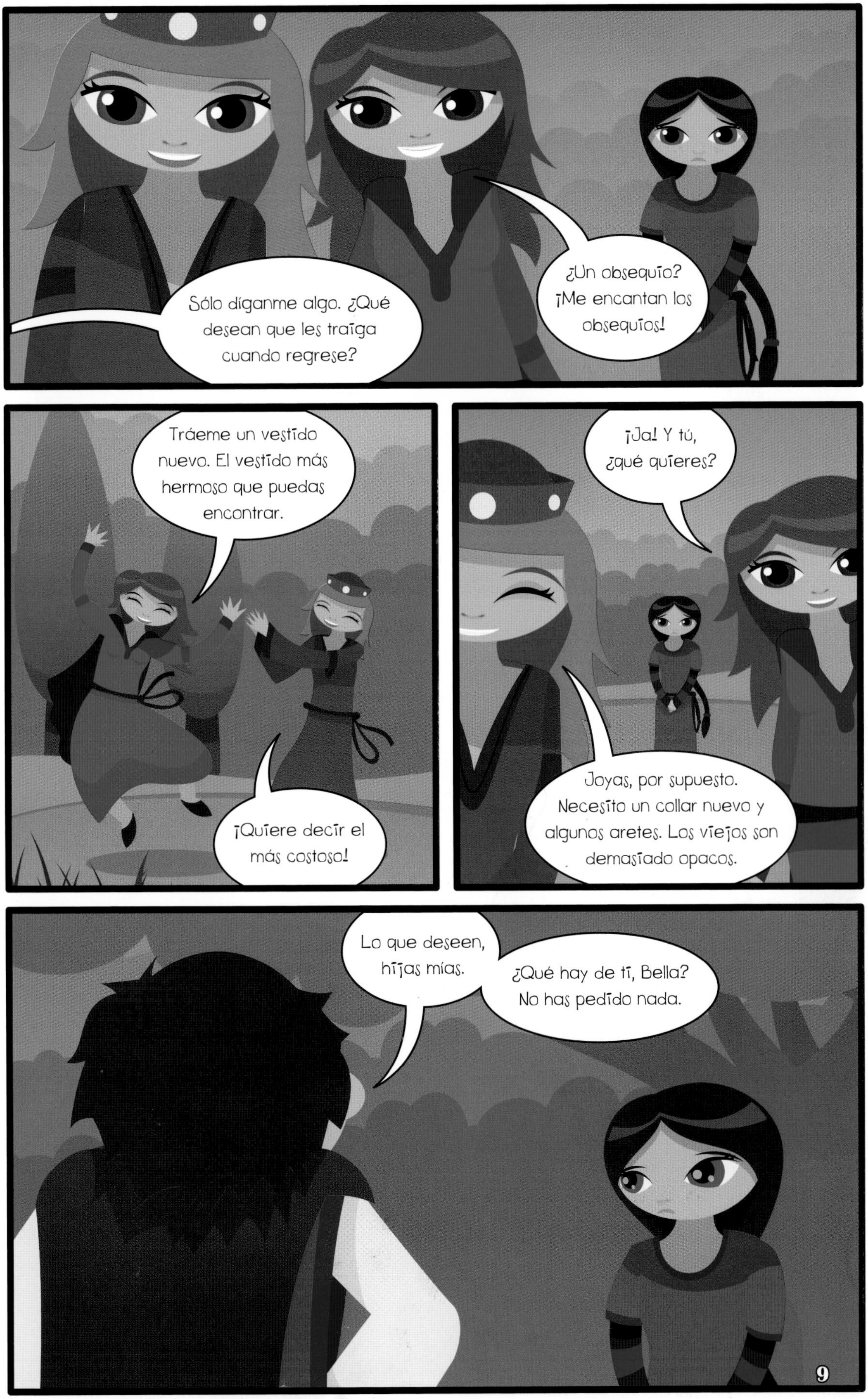
Sólo díganme algo. ¿Qué desean que les traiga cuando regrese?
¿Un obsequio? ¡Me encantan los obsequios!
Tráeme un vestido nuevo. El vestido más hermoso que puedas encontrar.
¡Quiere decir el más costoso!
¡Ja! Y tú, ¿qué quieres?
Joyas, por supuesto. Necesito un collar nuevo y algunos aretes. Los viejos son demasiado opacos.
Lo que deseen, hijas mías.
¿Qué hay de ti, Bella? No has pedido nada.

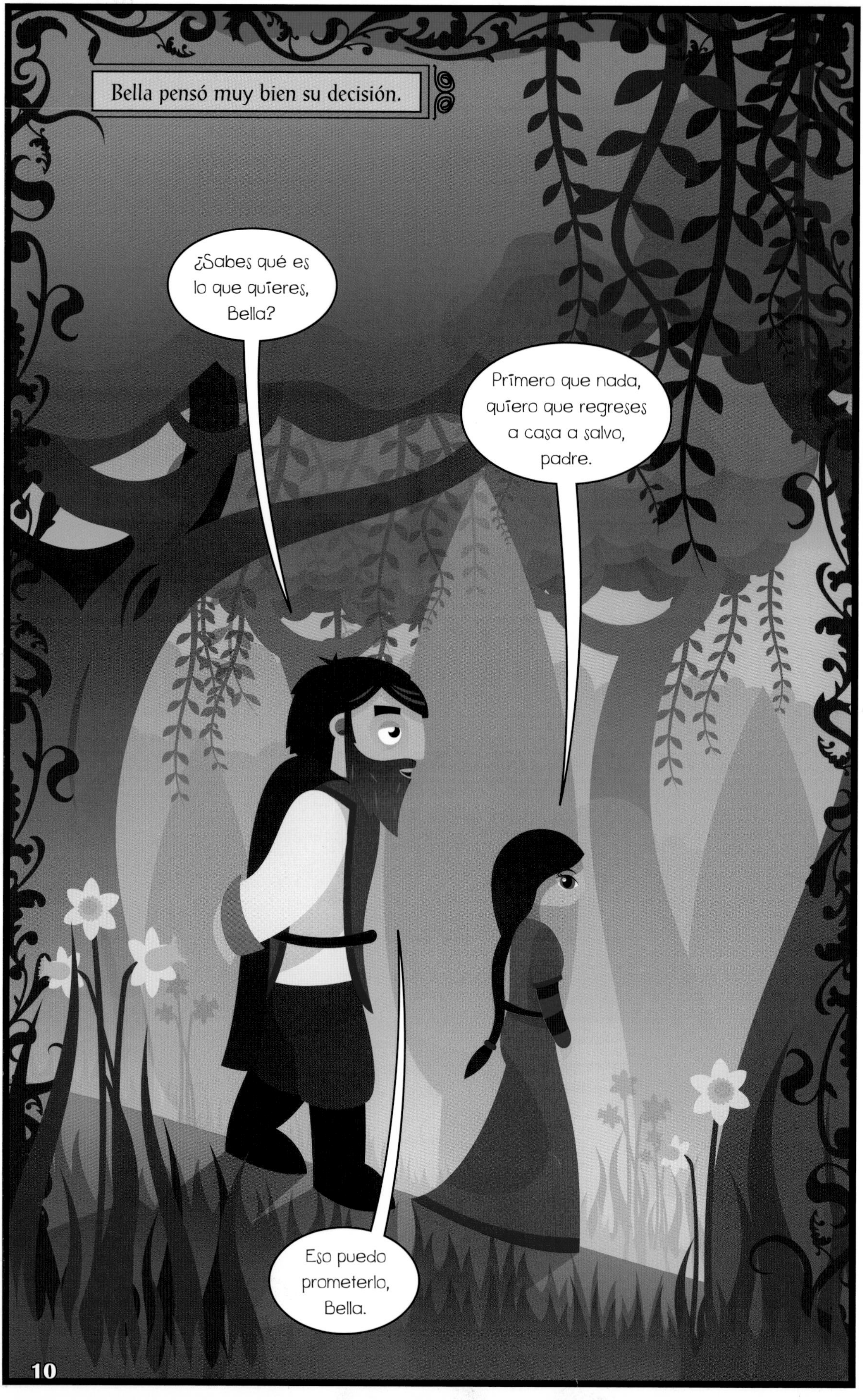
Bella pensó muy bien su decisión.
¿Sabes qué es lo que quieres, Bella?
Primero que nada, quiero que regreses a casa a salvo, padre.
Eso puedo prometerlo, Bella.

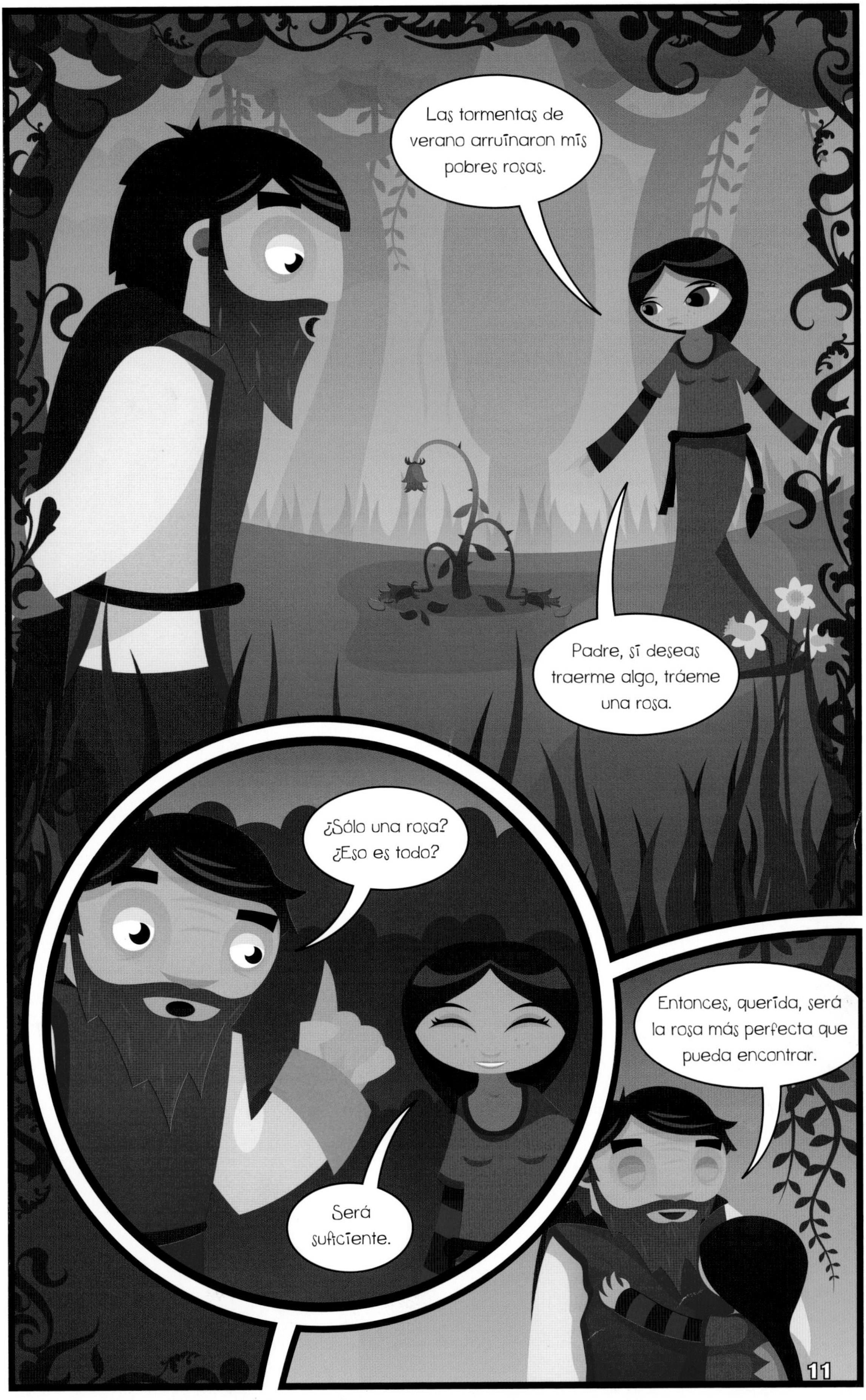

Las tormentas de verano arruinaron mis pobres rosas.
Padre, si deseas traerme algo, tráeme una rosa.
¿Sólo una rosa? ¿Eso es todo?
Será suficiente.
Entonces, querida, será la rosa más perfecta que pueda encontrar.

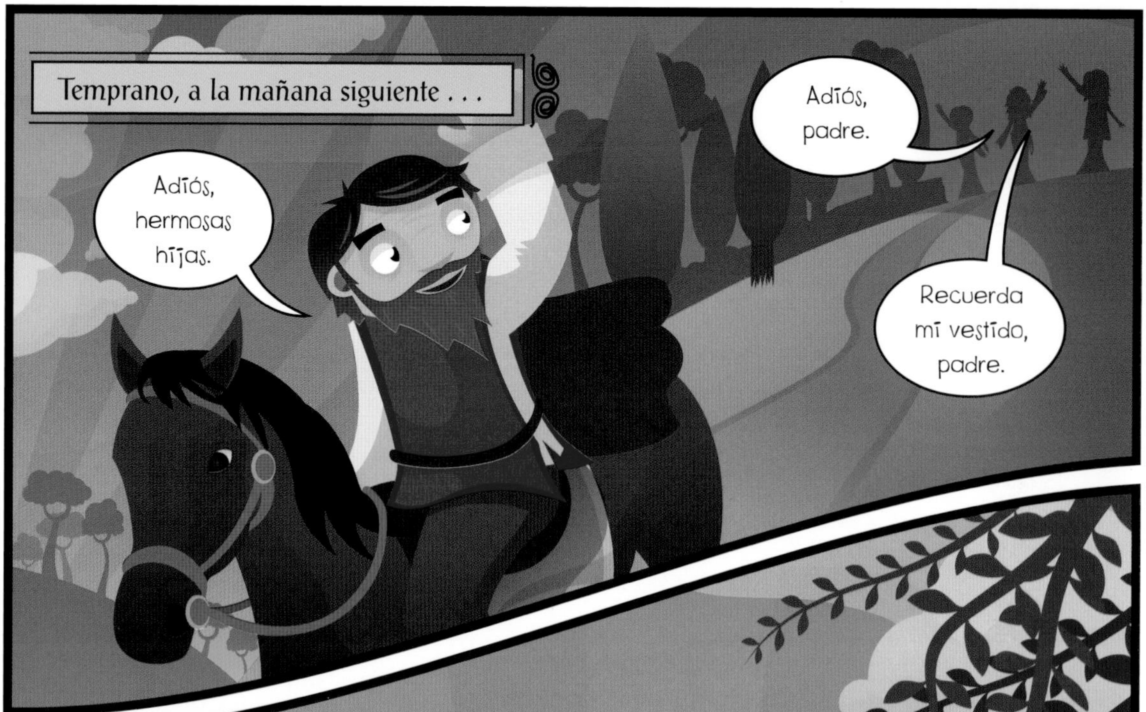
Temprano, a la mañana siguiente . . .
Adiós, hermosas hijas.
Adiós, padre.
Recuerda mi vestido, padre.

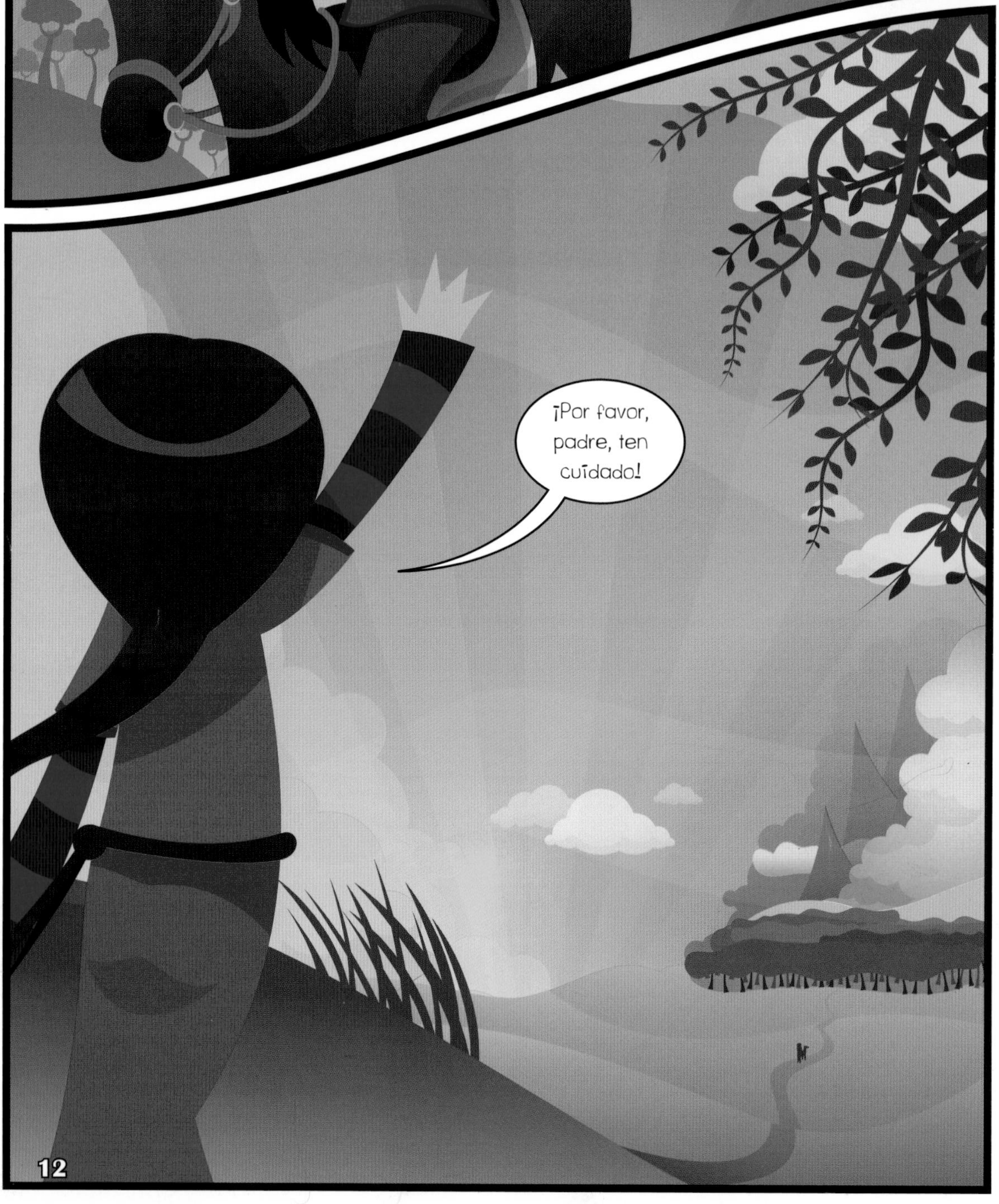
¡Por favor, padre, ten cuidado!

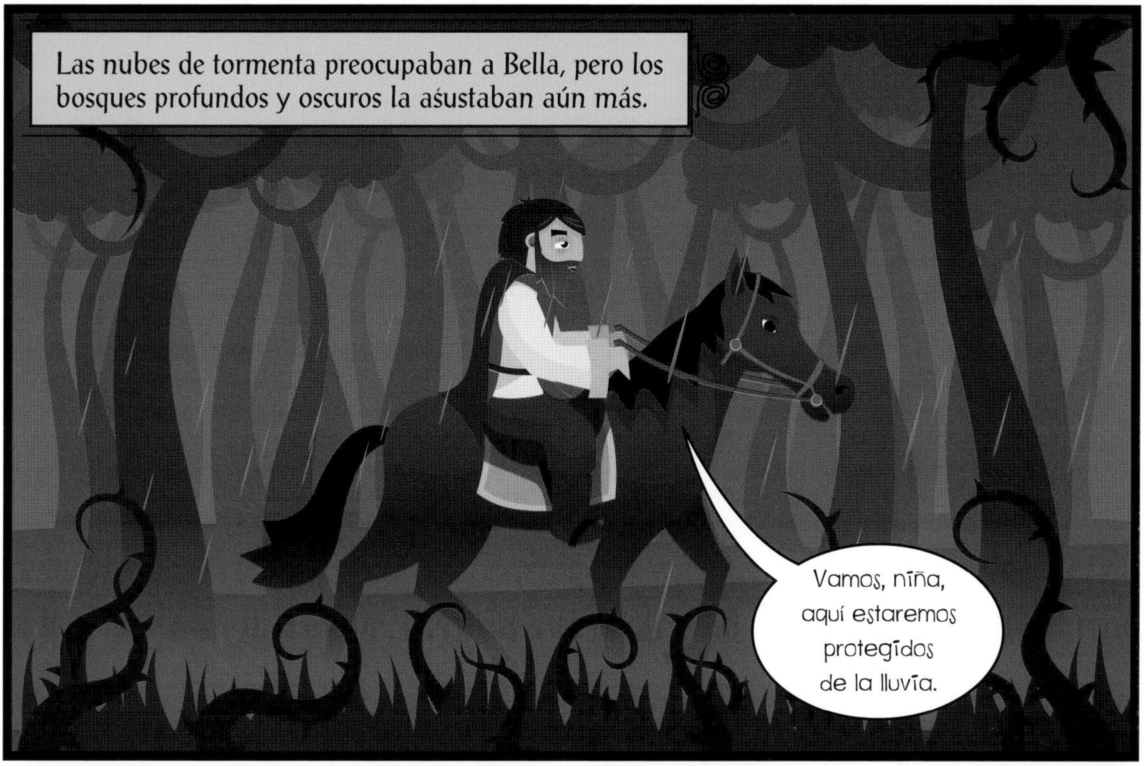
Las nubes de tormenta preocupaban a Bella, pero los bosques profundos y oscuros la asustaban aún más.
Vamos, niña, aquí estaremos protegidos de la lluvia.

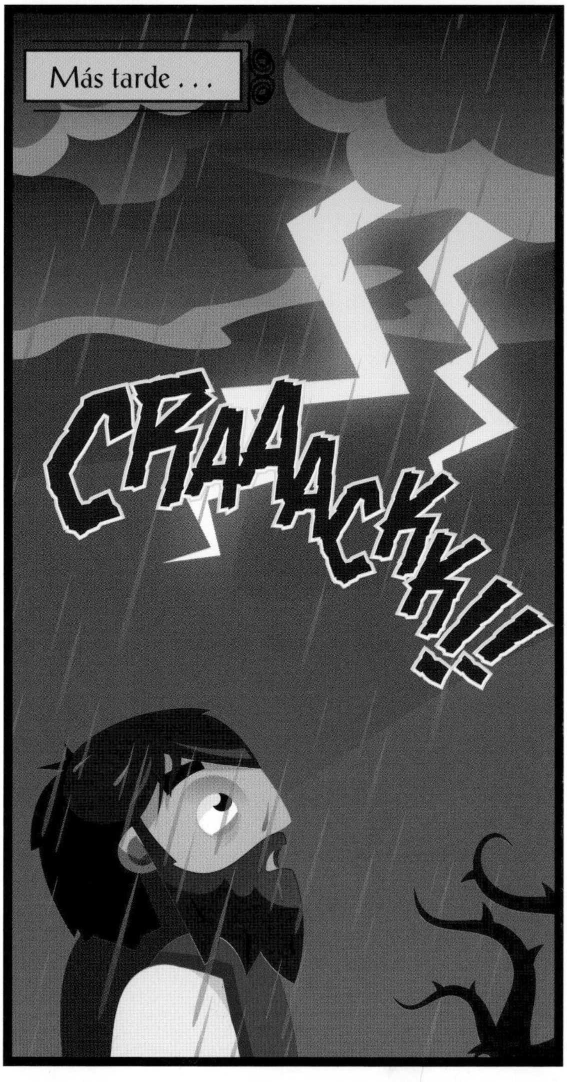
Más tarde . . .
CRAAACKK!!!

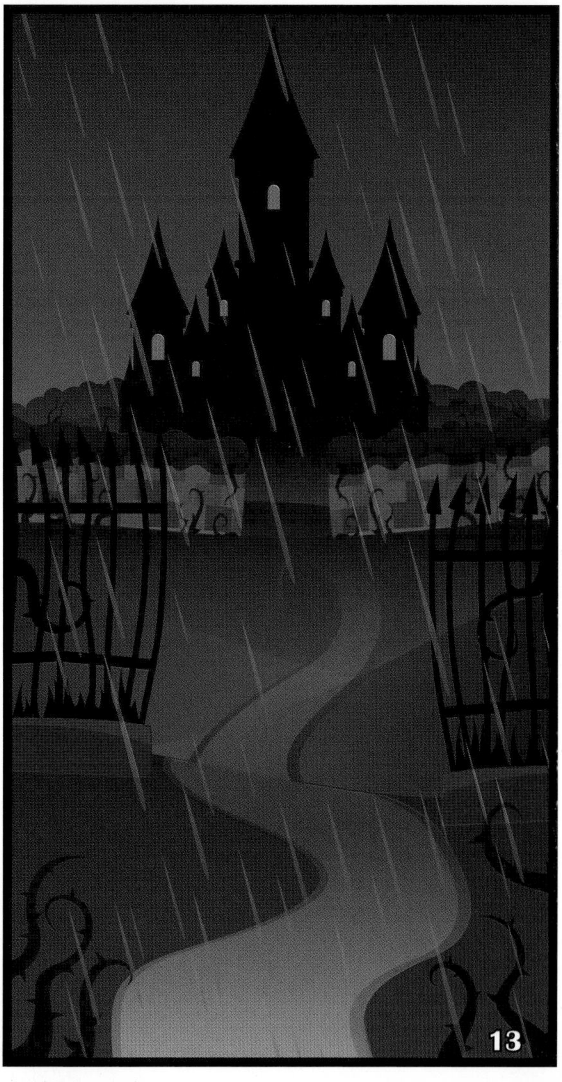

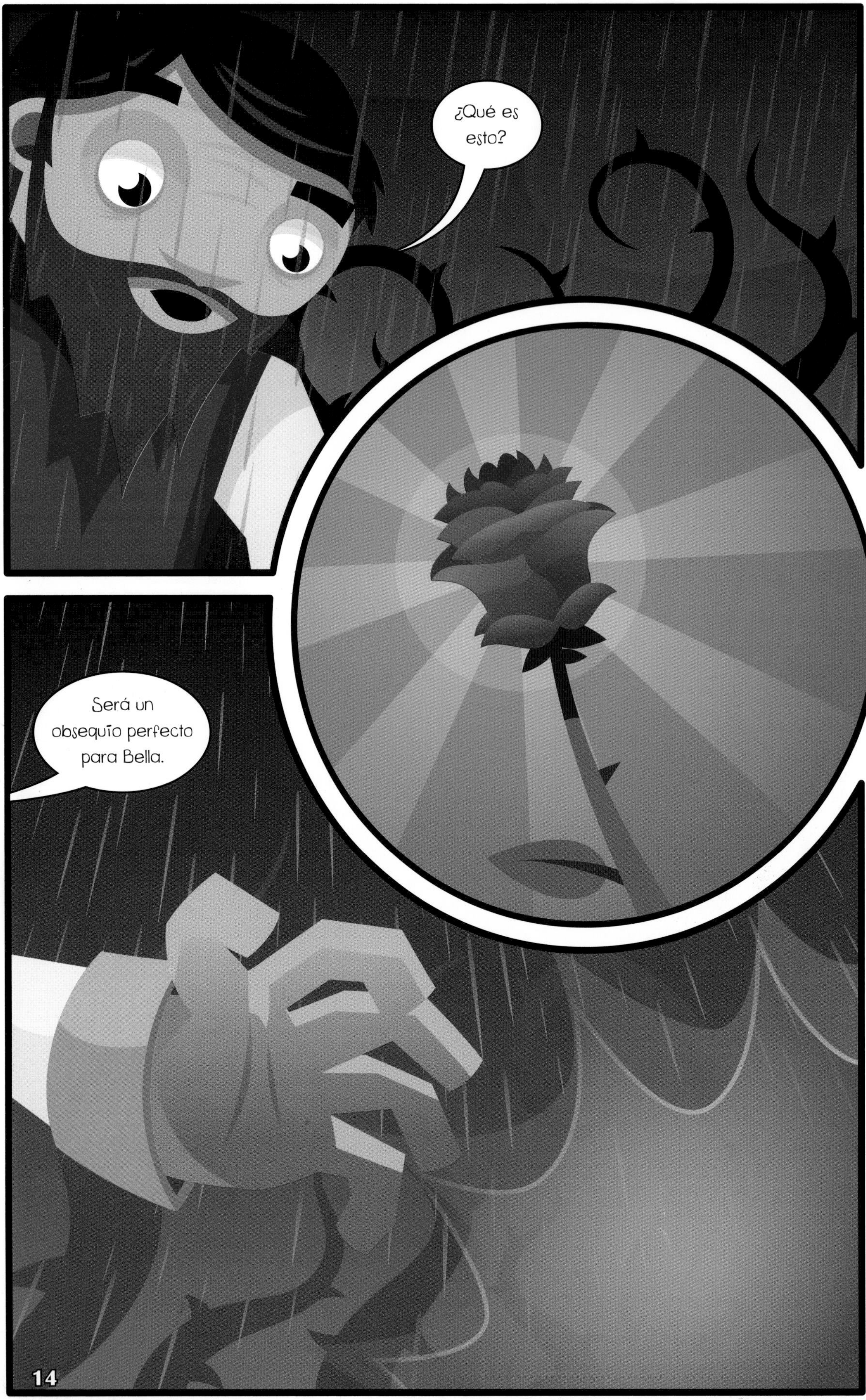
¿Qué es esto?
Será un obsequio perfecto para Bella.

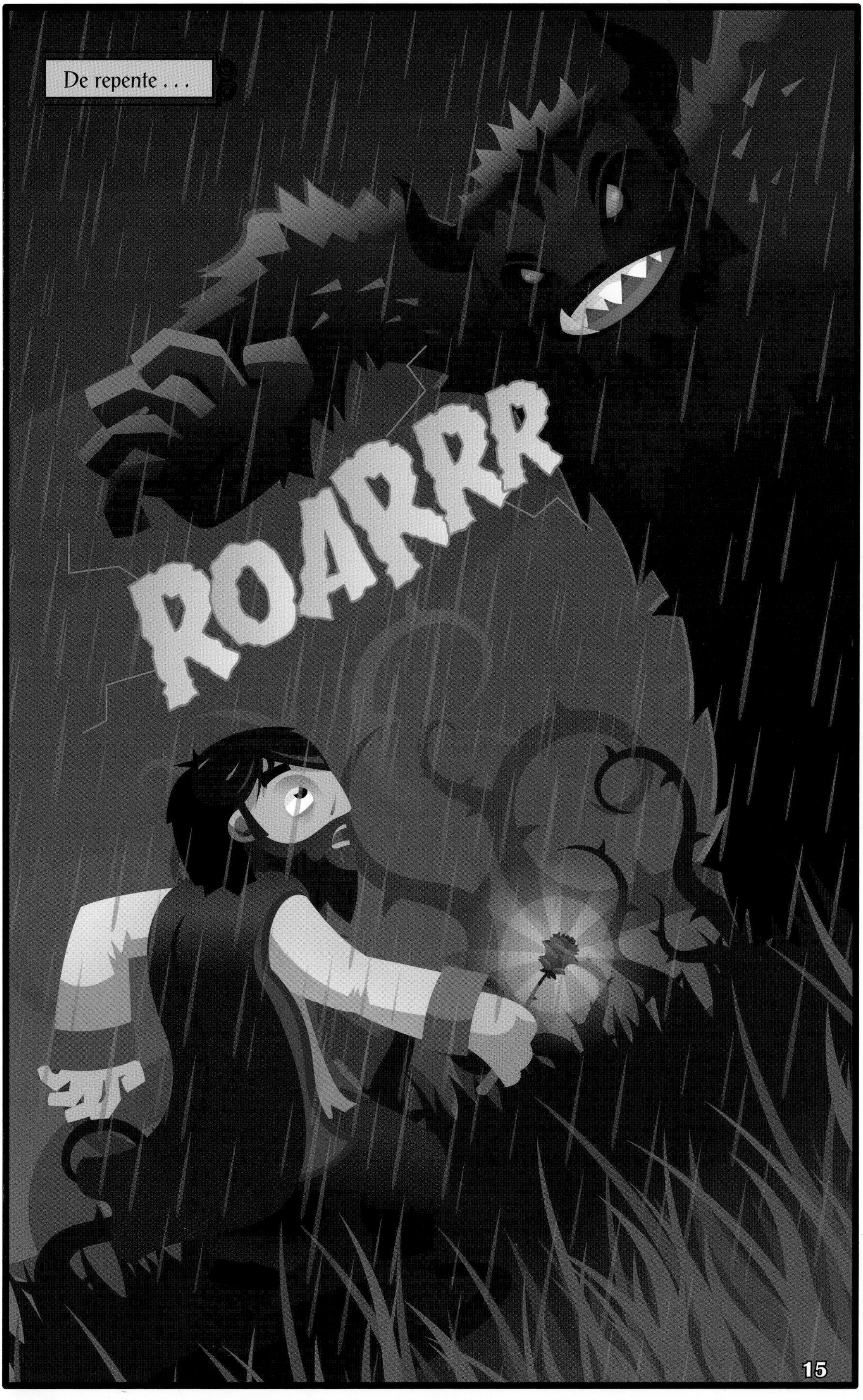
De repente . . .
ROARRR

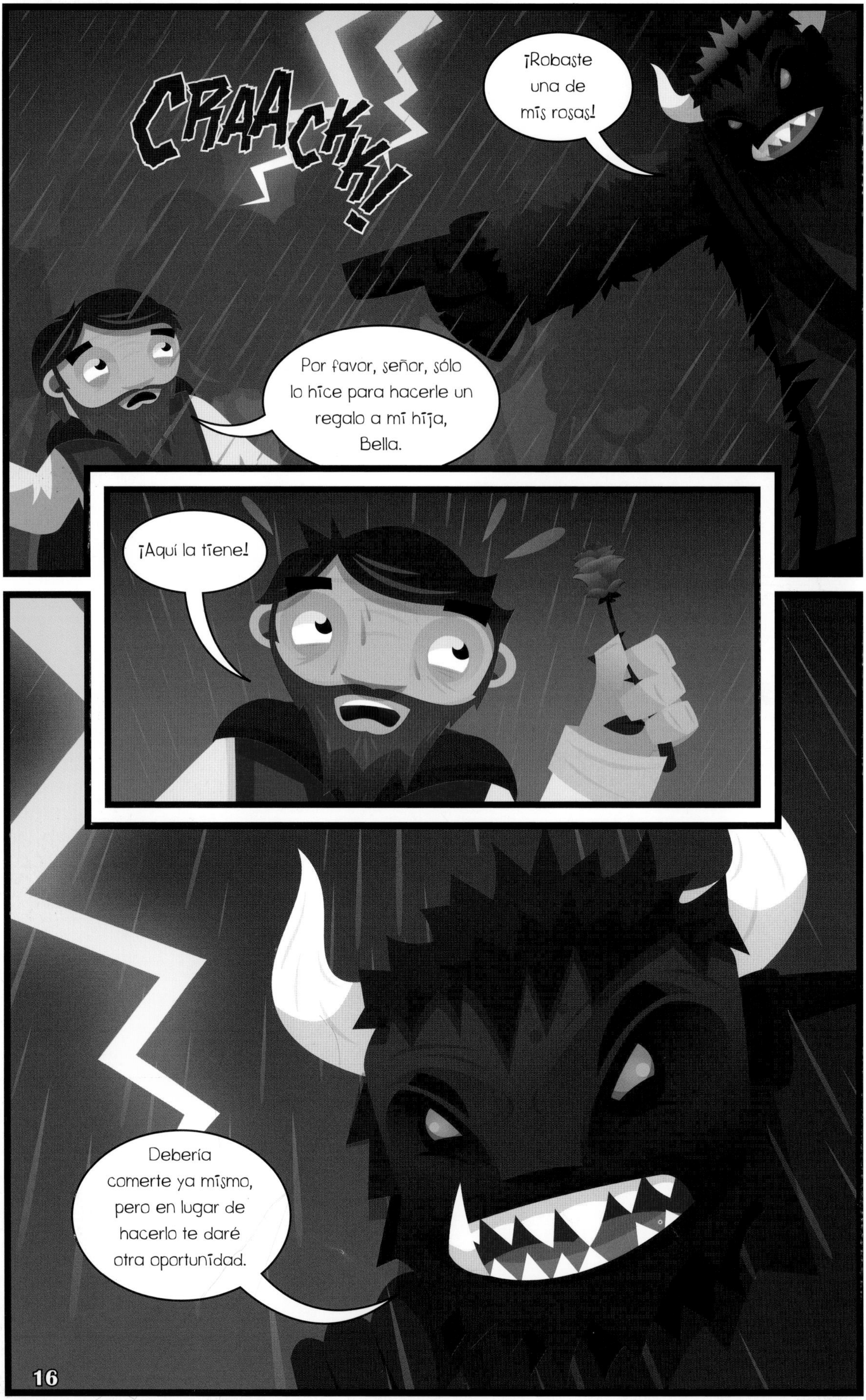
CRAACKK!
¡Robaste una de mis rosas!
Por favor, señor, sólo lo hice para hacerle un regalo a mi hija, Bella.
¡Aquí la tiene!
Debería comerte ya mismo, pero en lugar de hacerlo te daré otra oportunidad.

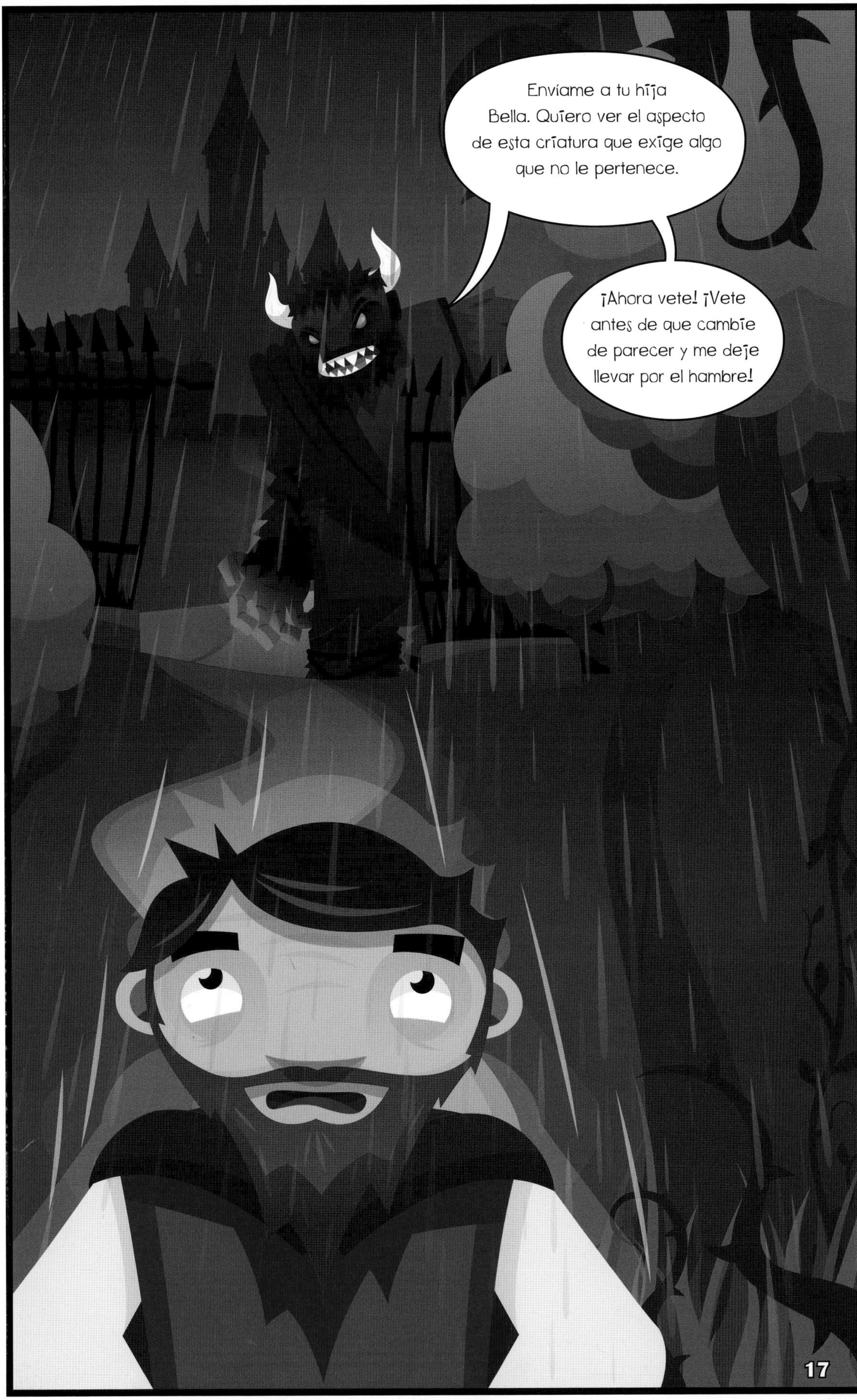
Envíame a tu hija Bella. Quiero ver el aspecto de esta criatura que exige algo que no le pertenece.
¡Ahora vete! ¡Vete antes de que cambie de parecer y me deje llevar por el hambre!

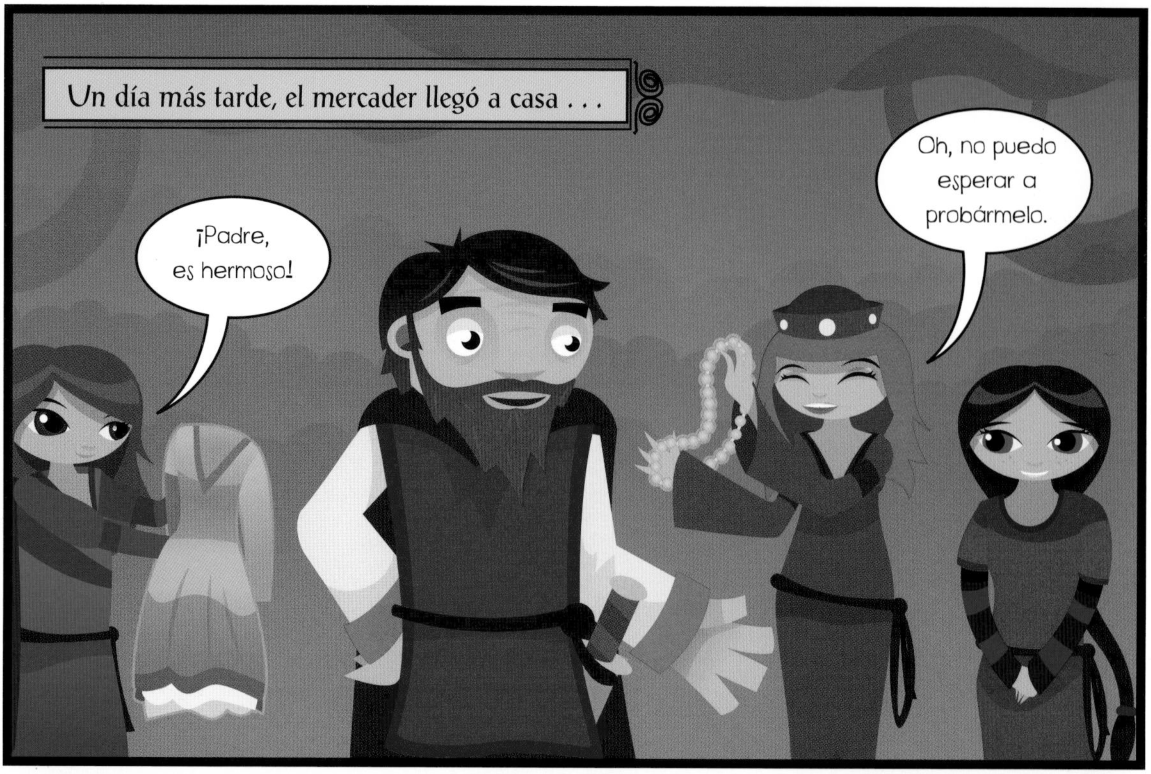
Un día más tarde, el mercader llegó a casa . . .
¡Padre, es hermoso!
Oh, no puedo esperar a probármelo.

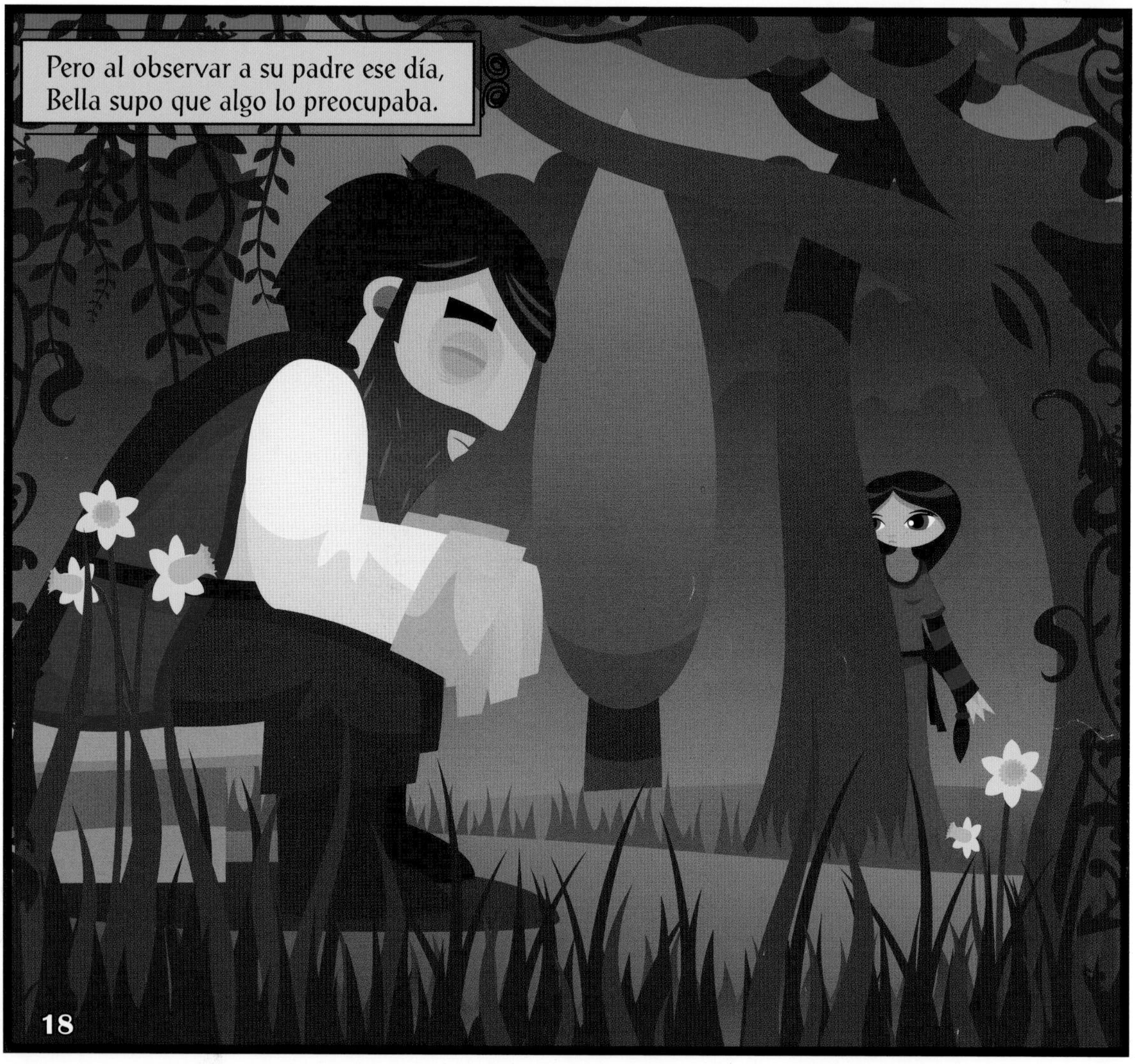
Pero al observar a su padre ese día, Bella supo que algo lo preocupaba.

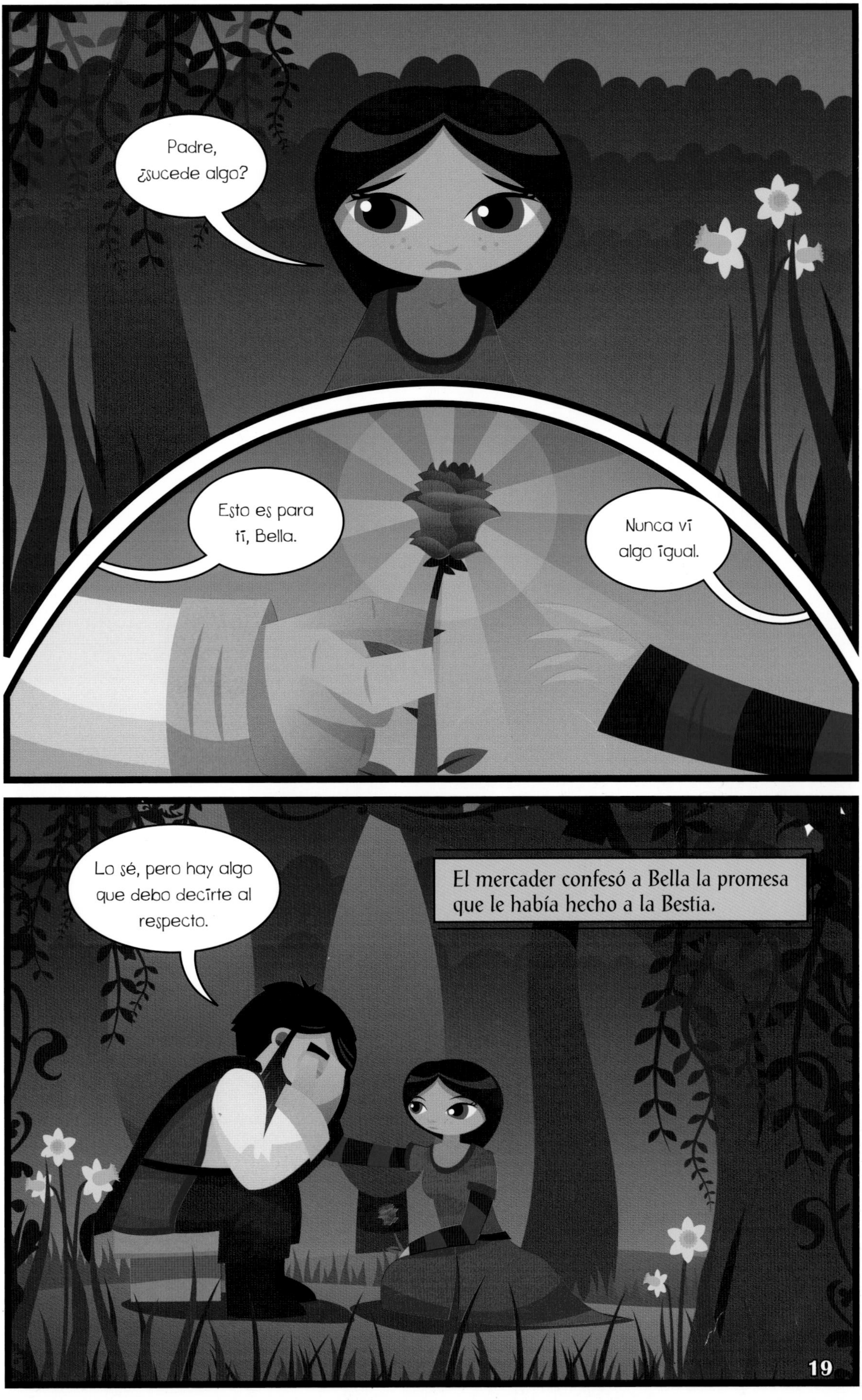
Padre, ¿sucede algo?
Esto es para tī, Bella.
Nunca vī algo īgual.
Lo sé, pero hay algo que debo decīrte al respecto.
El mercader confesó a Bella la promesa que le había hecho a la Bestia.

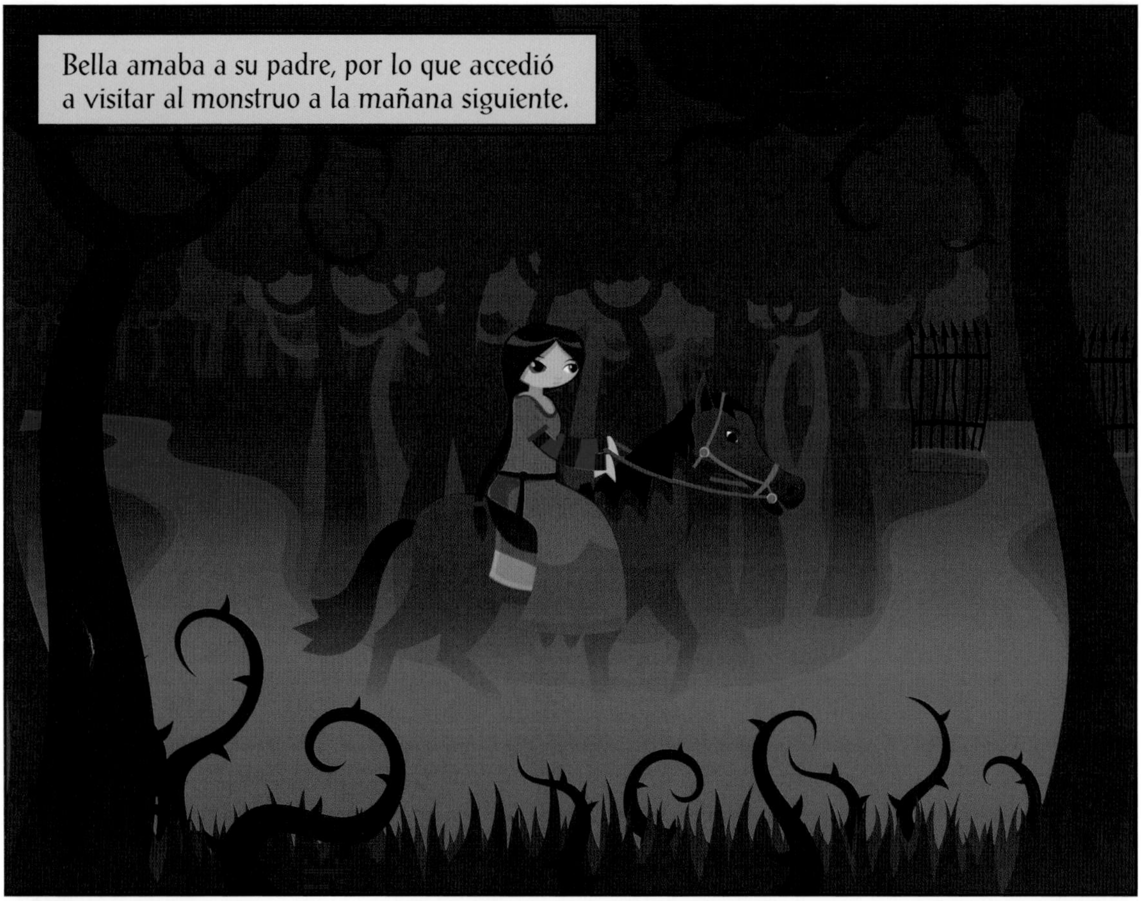
Bella amaba a su padre, por lo que accedió a visitar al monstruo a la mañana siguiente.

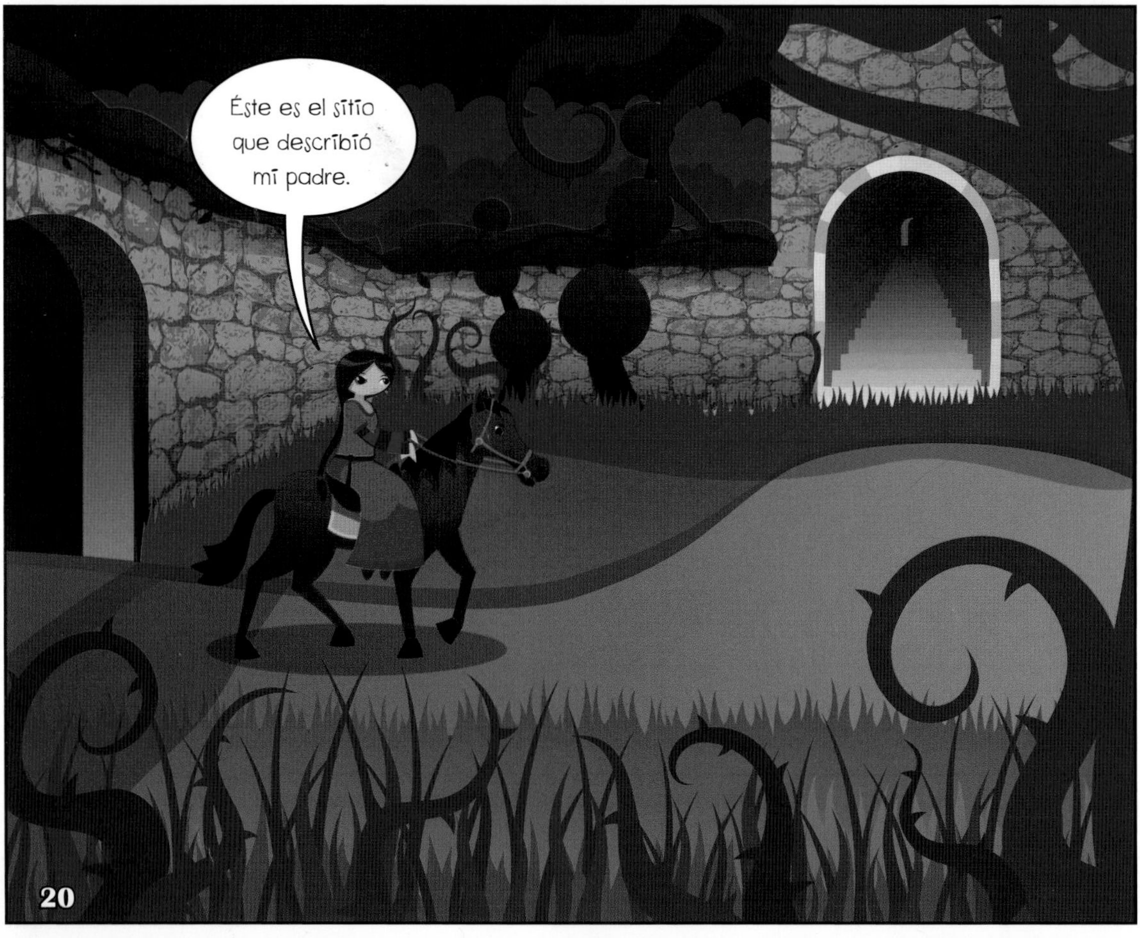
Éste es el sitio que describió mi padre.

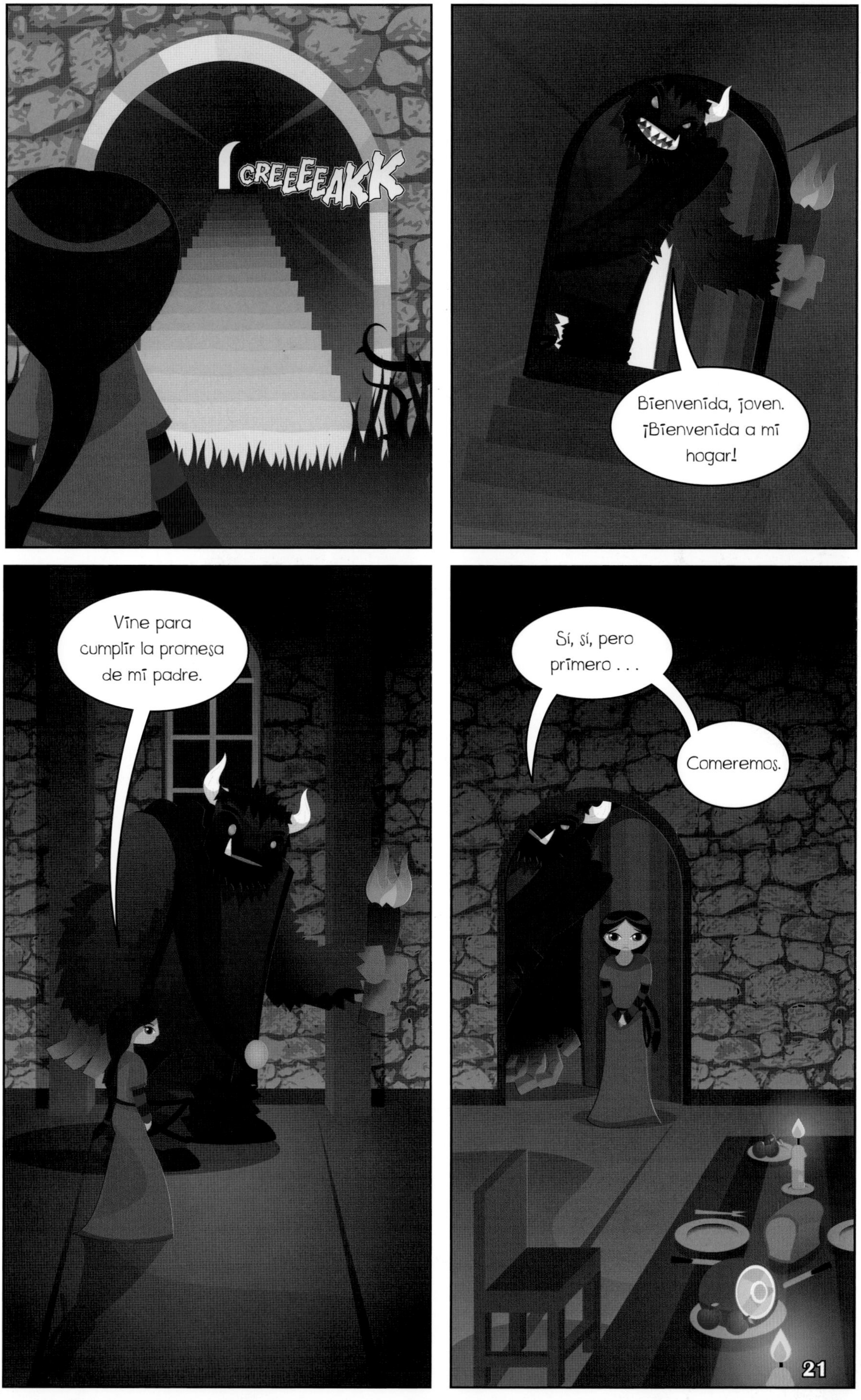
CREEEEAKK
Bienvenida, joven. ¡Bienvenida a mi hogar!
Vine para cumplir la promesa de mi padre.
Sí, sí, pero primero . . .
Comeremos.

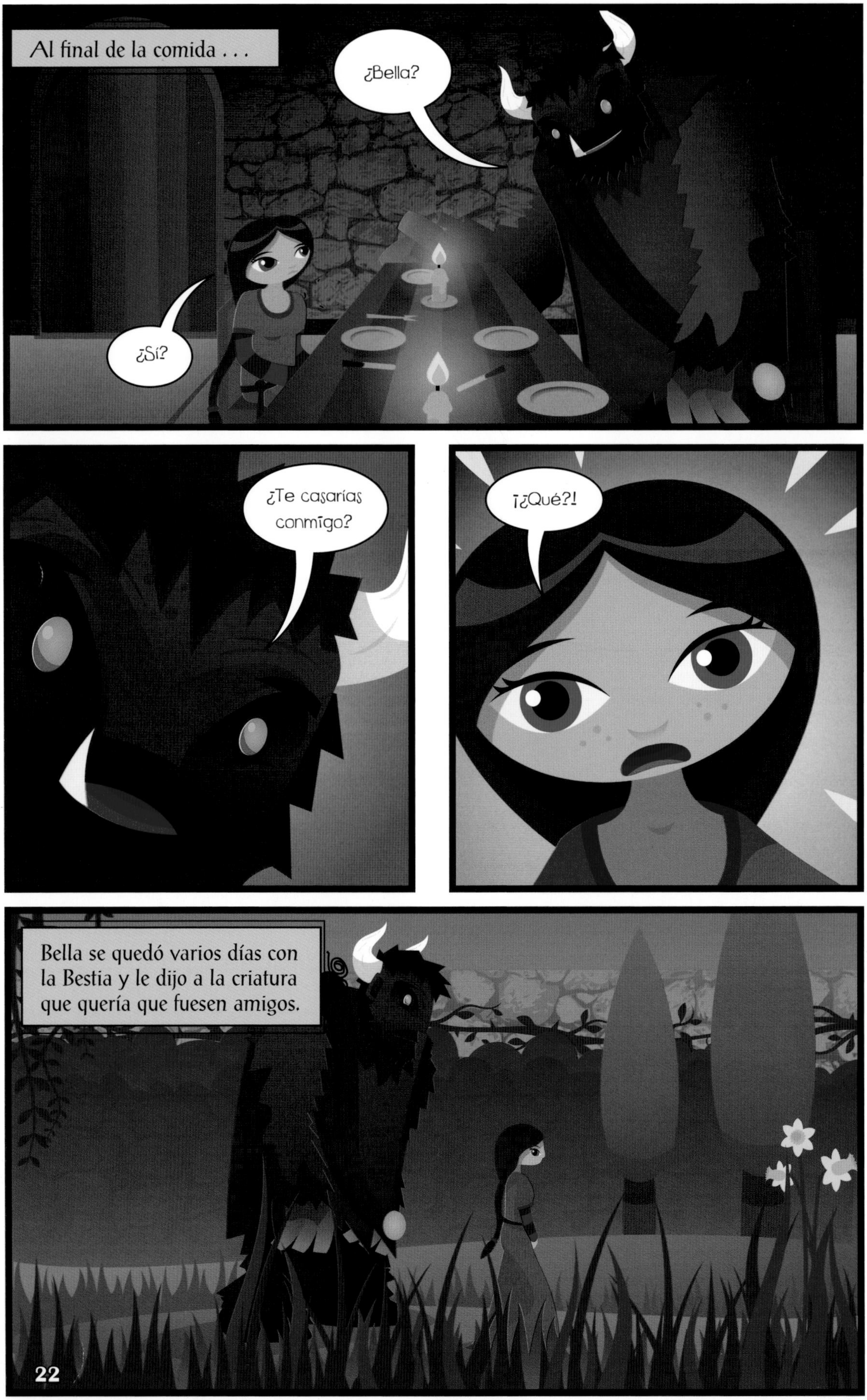
Al final de la comida . . .
¿Bella?
¿Sí?
¿Te casarías conmigo?
¡¿Qué?!
Bella se quedó varios días con la Bestia y le dijo a la criatura que quería que fuesen amigos.

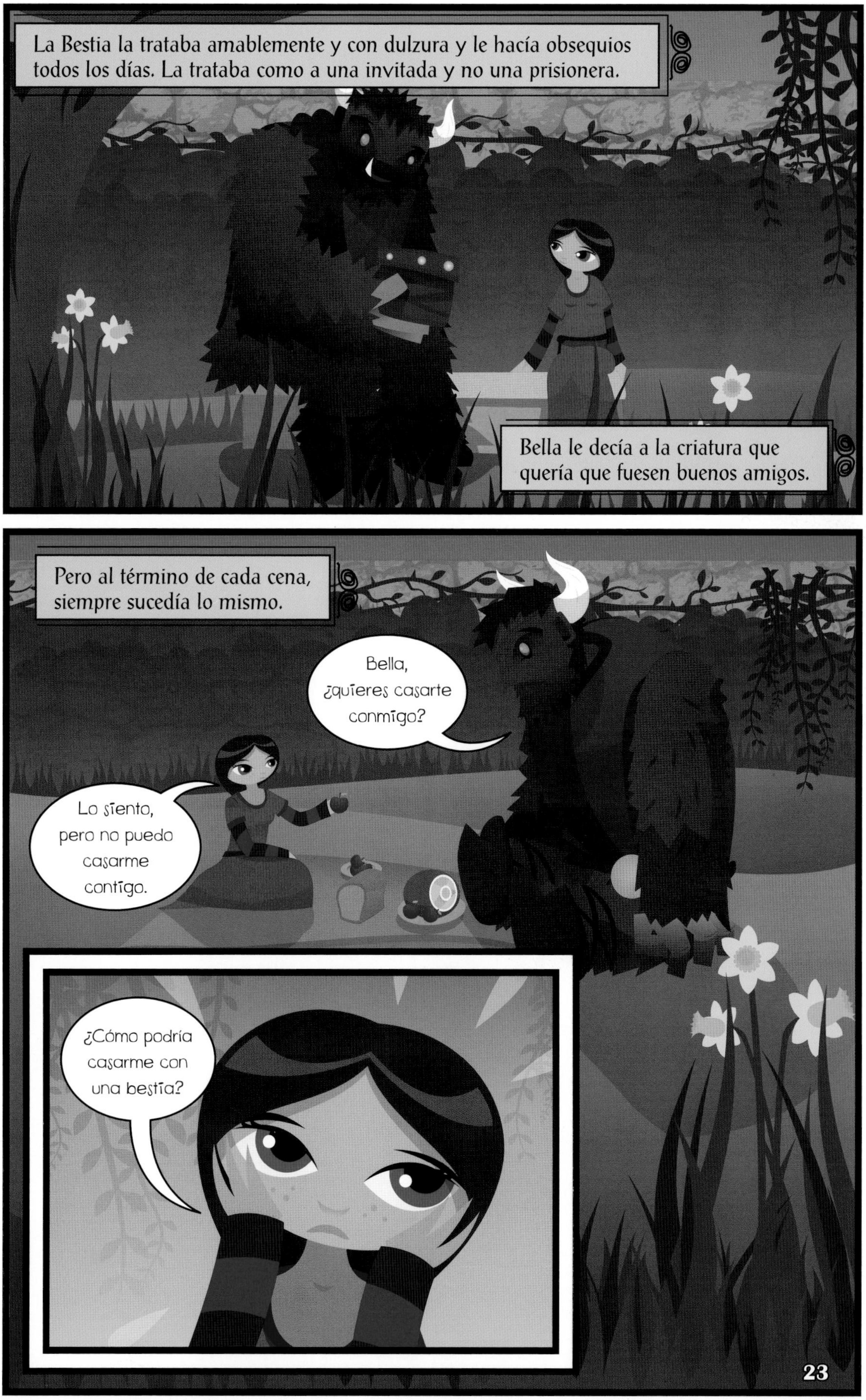
La Bestia la trataba amablemente y con dulzura y le hacía obsequios todos los días. La trataba como a una invitada y no una prisionera.
Bella le decía a la criatura que quería que fuesen buenos amigos.
Pero al término de cada cena, siempre sucedía lo mismo.
Bella, ¿quieres casarte conmigo?
Lo siento, pero no puedo casarme contigo.
¿Cómo podría casarme con una bestia?

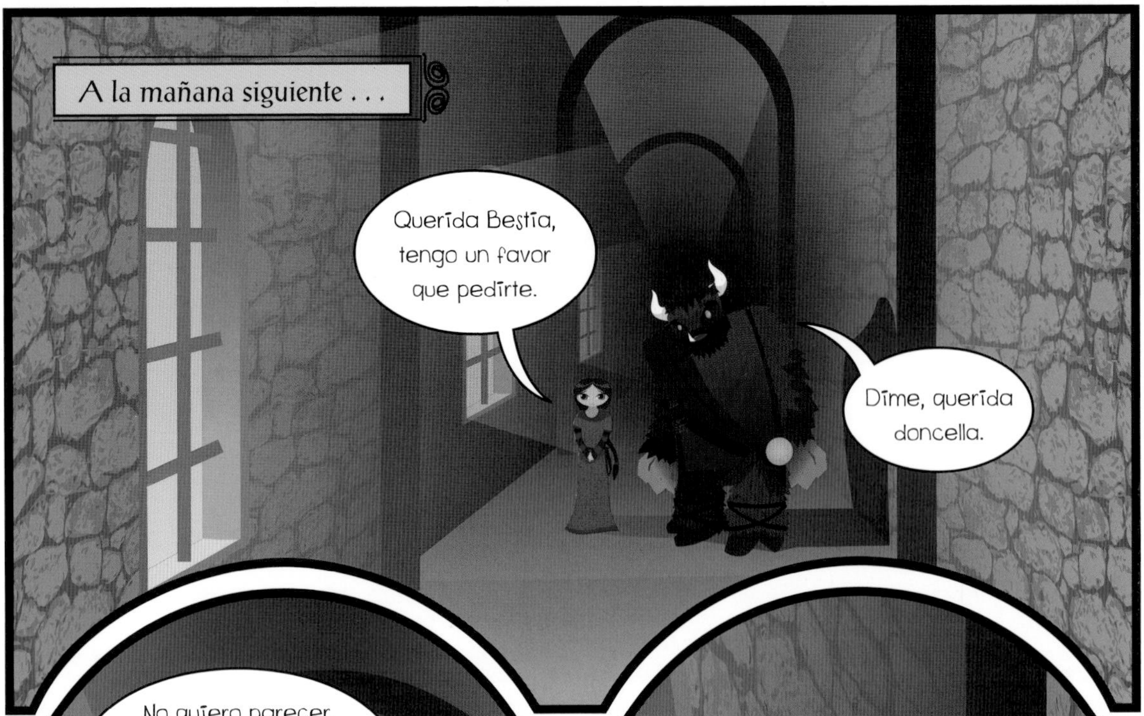
A la mañana siguiente . . .
Querída Bestía, tengo un favor que pedírte.
Díme, querída doncella.

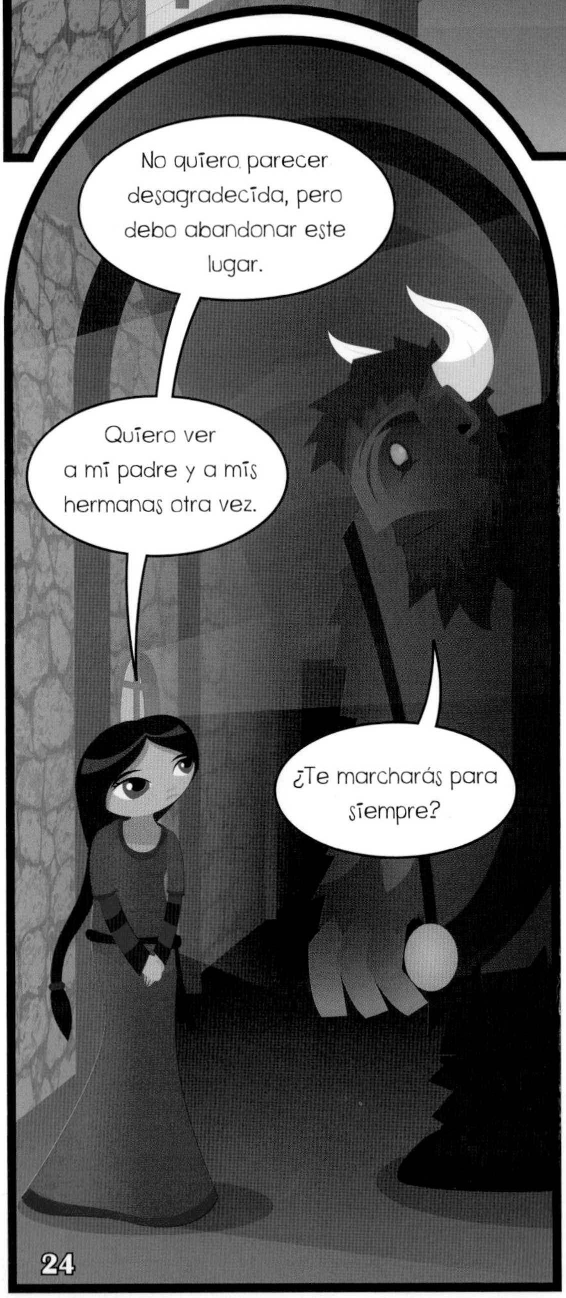
No quíero parecer desagradecída, pero debo abandonar este lugar.
Quíero ver a mí padre y a mís hermanas otra vez.
¿Te marcharás para síempre?

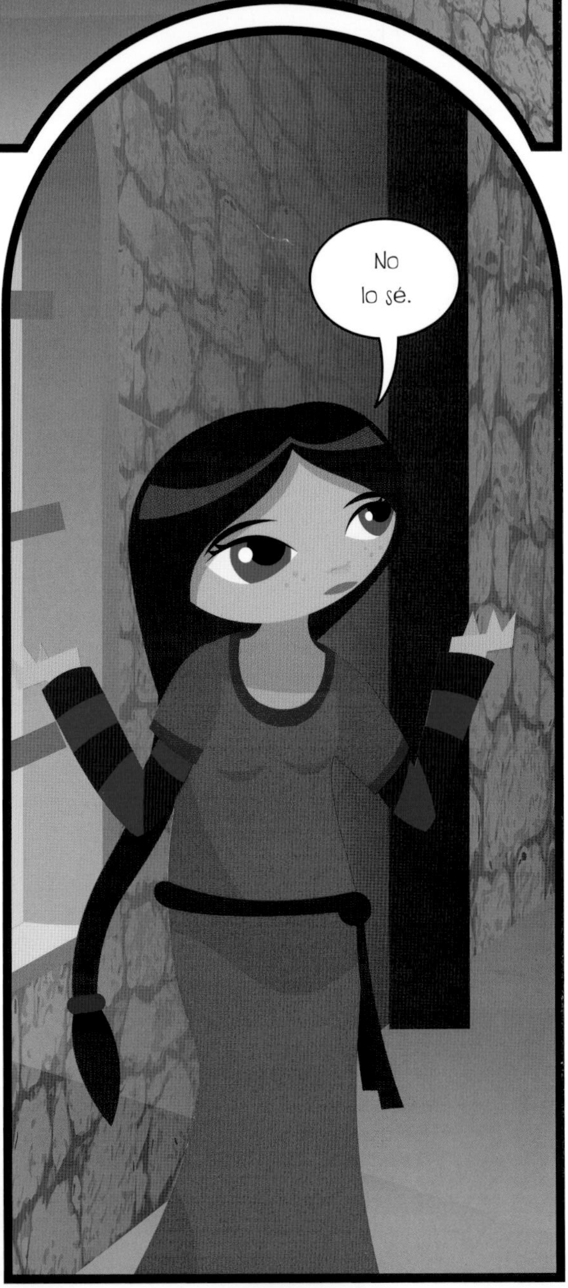
No lo sé.

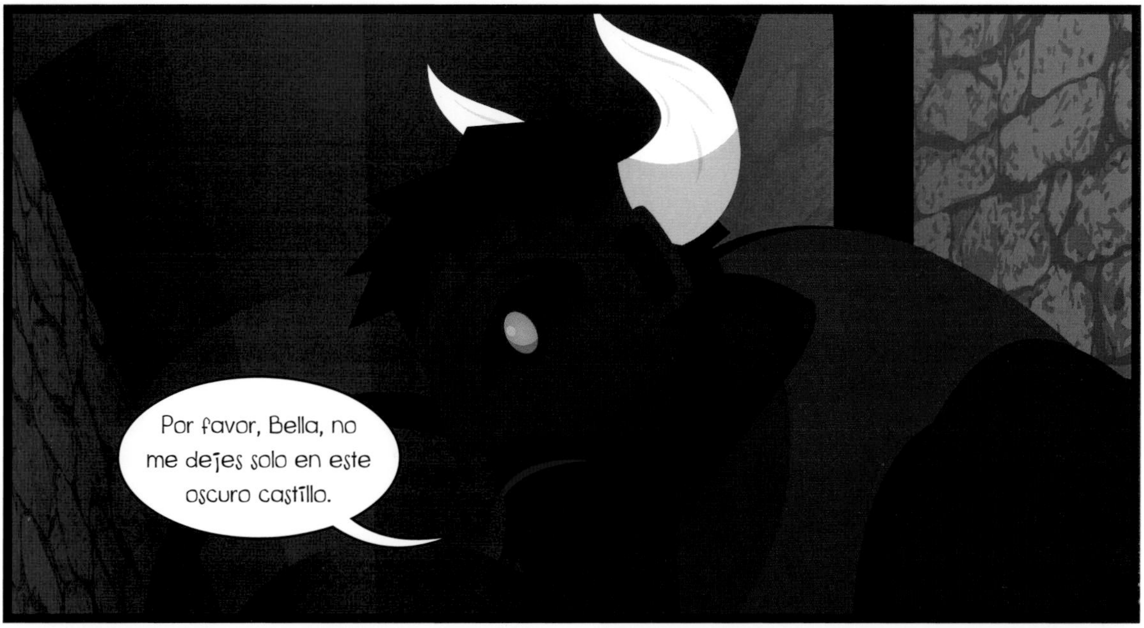
Por favor, Bella, no me dejes solo en este oscuro castillo.

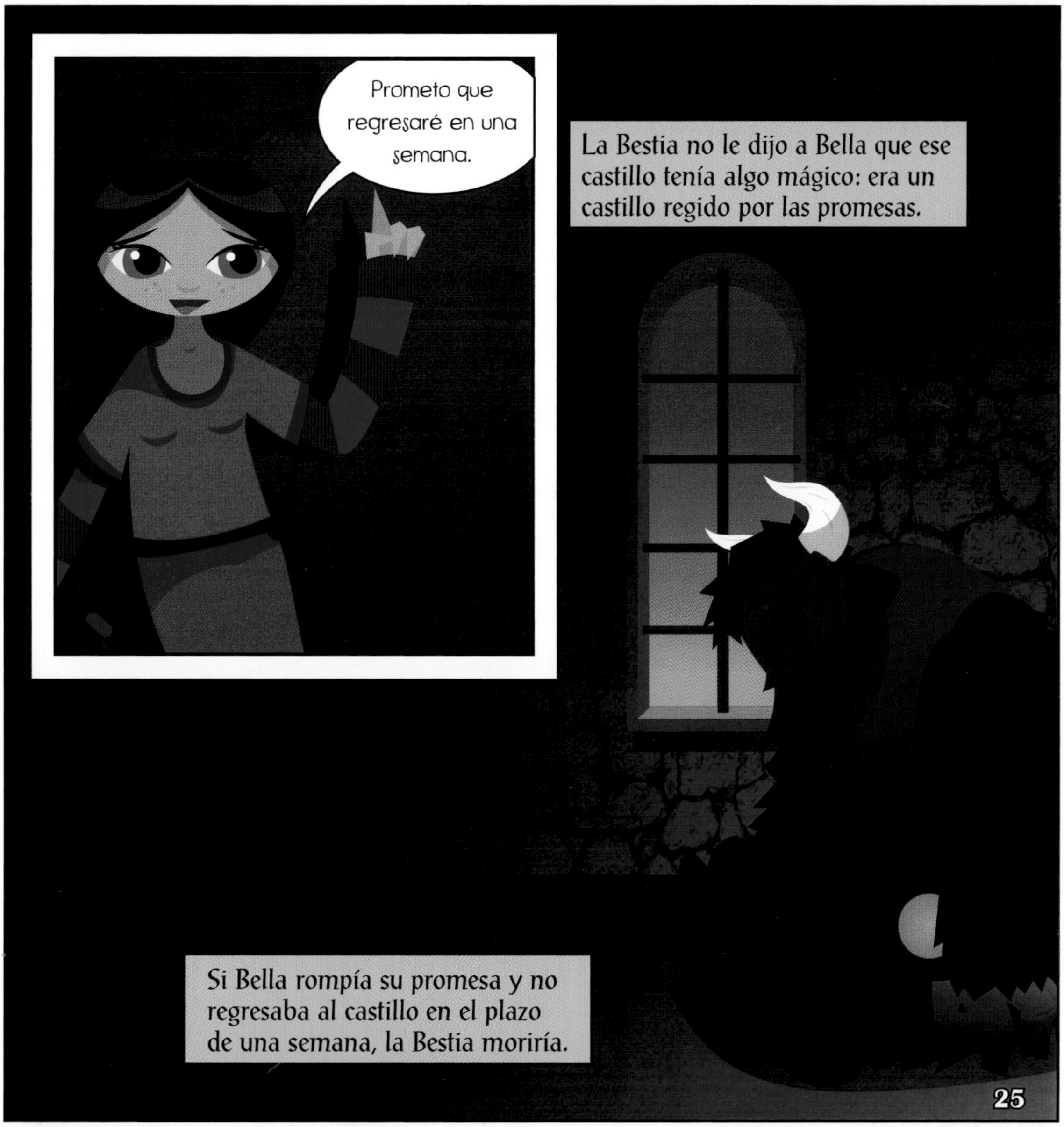
Prometo que regresaré en una semana.
La Bestia no le dijo a Bella que ese castillo tenía algo mágico: era un castillo regido por las promesas.
Si Bella rompía su promesa y no regresaba al castillo en el plazo de una semana, la Bestia moriría.

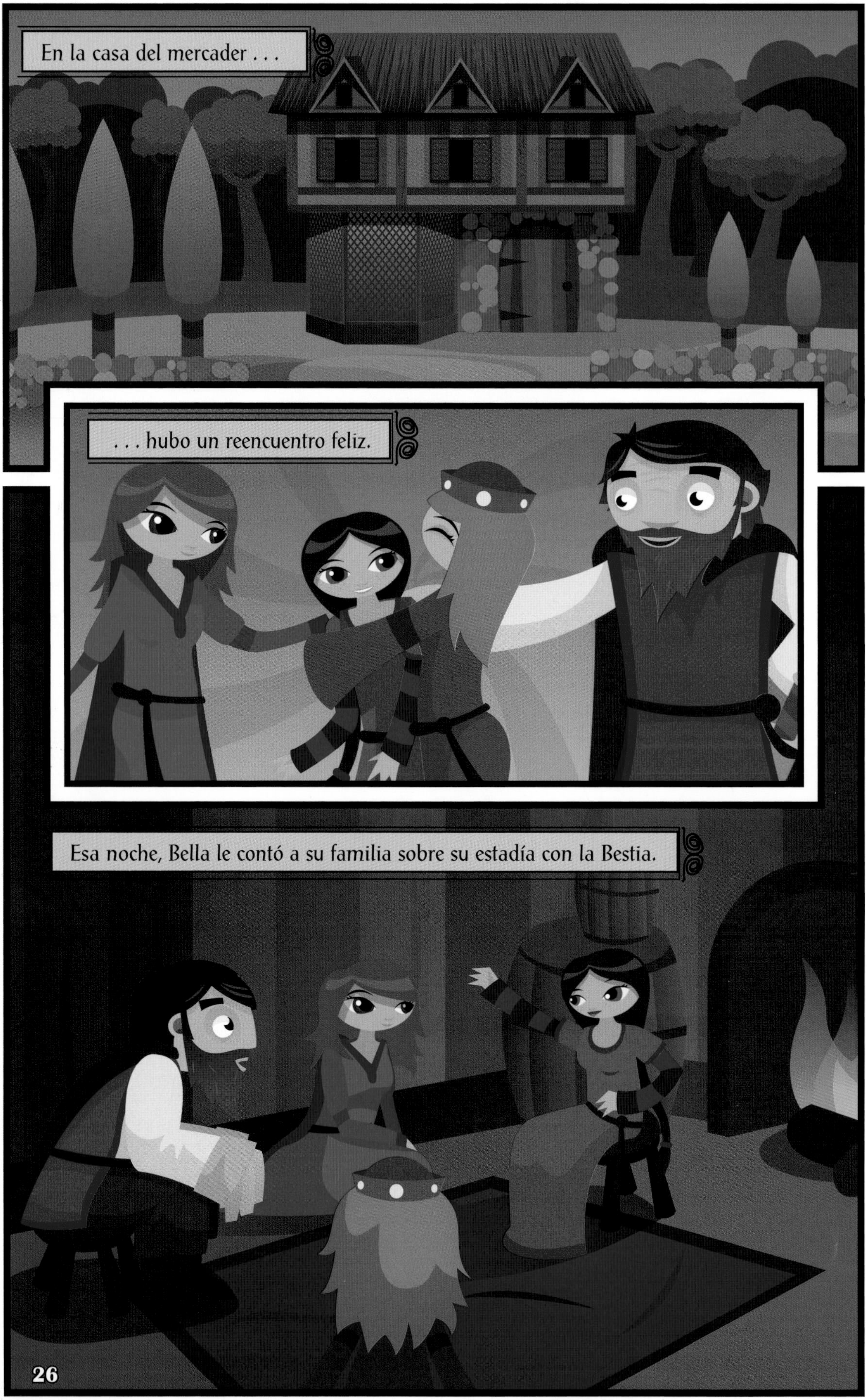
En la casa del mercader . . .
. . . hubo un reencuentro feliz.
Esa noche, Bella le contó a su familia sobre su estadía con la Bestia.

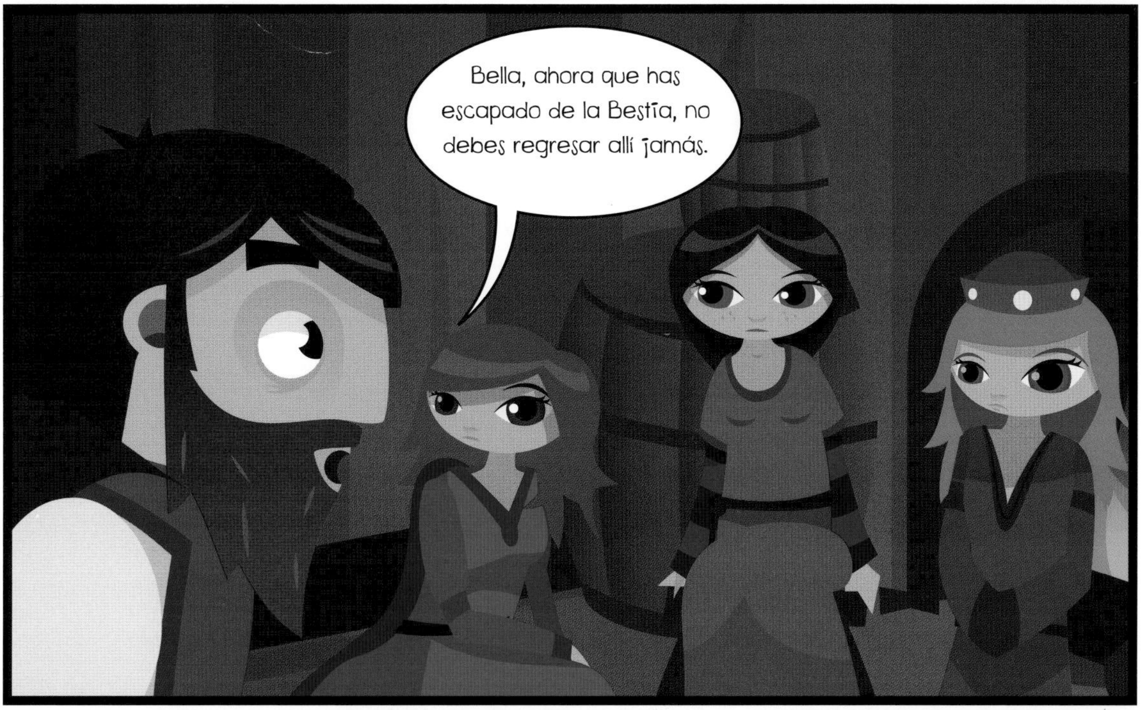
Bella, ahora que has escapado de la Bestia, no debes regresar allí jamás.

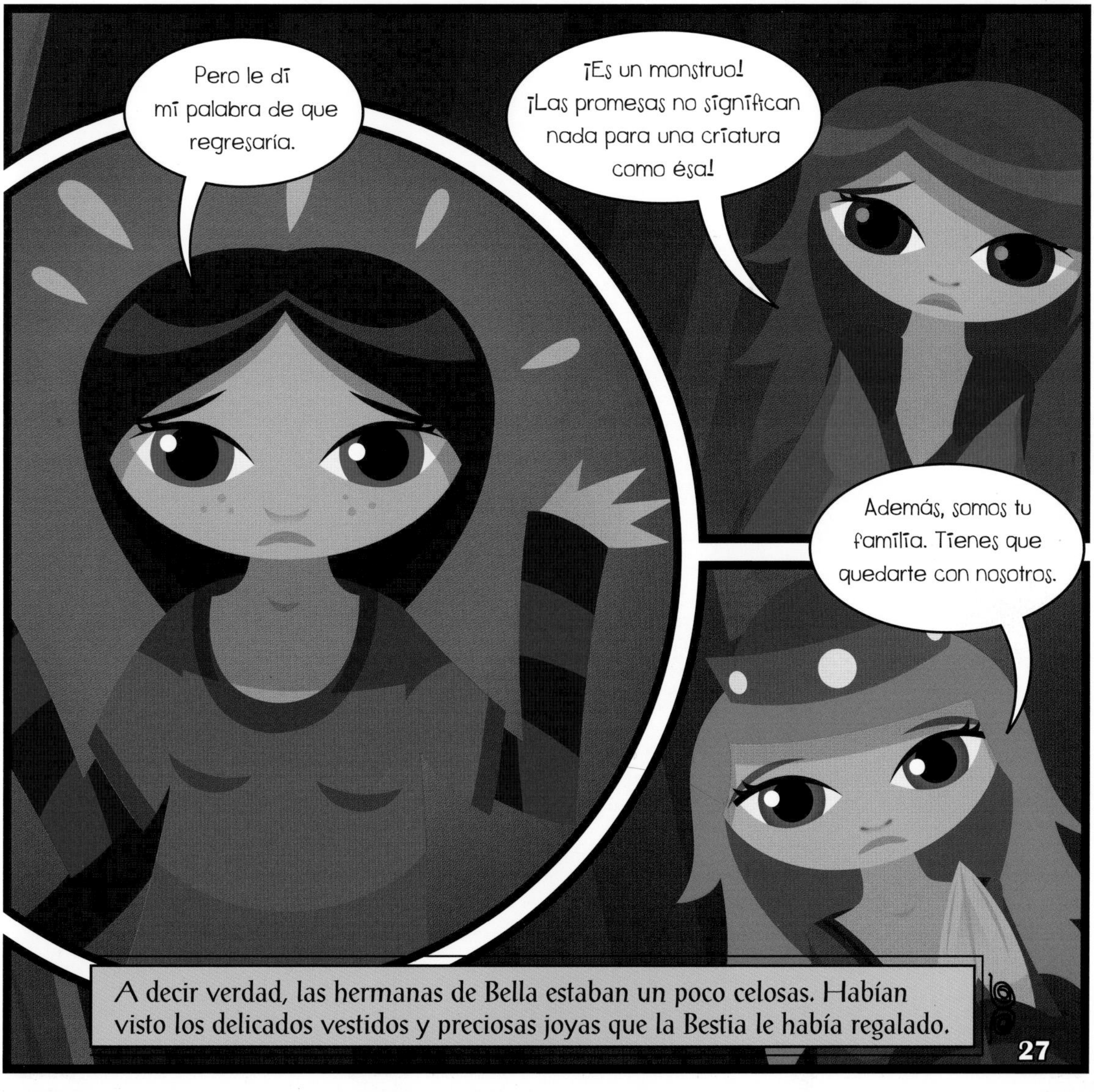
Pero le dí mí palabra de que regresaría.
¡Es un monstruo! ¡Las promesas no significan nada para una criatura como ésa!
Además, somos tu familia. Tienes que quedarte con nosotros.

A decir verdad, las hermanas de Bella estaban un poco celosas. Habían visto los delicados vestidos y preciosas joyas que la Bestia le había regalado.

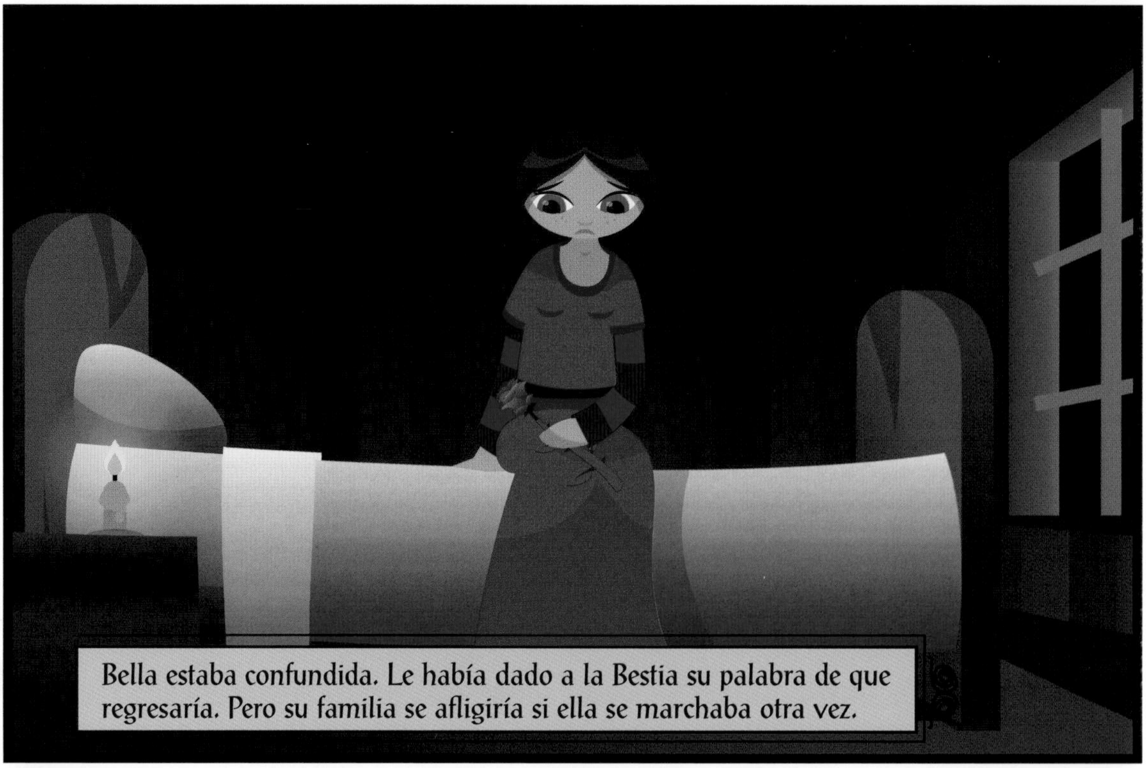
Bella estaba confundida. Le había dado a la Bestia su palabra de que regresaría. Pero su familia se afligiría si ella se marchaba otra vez.

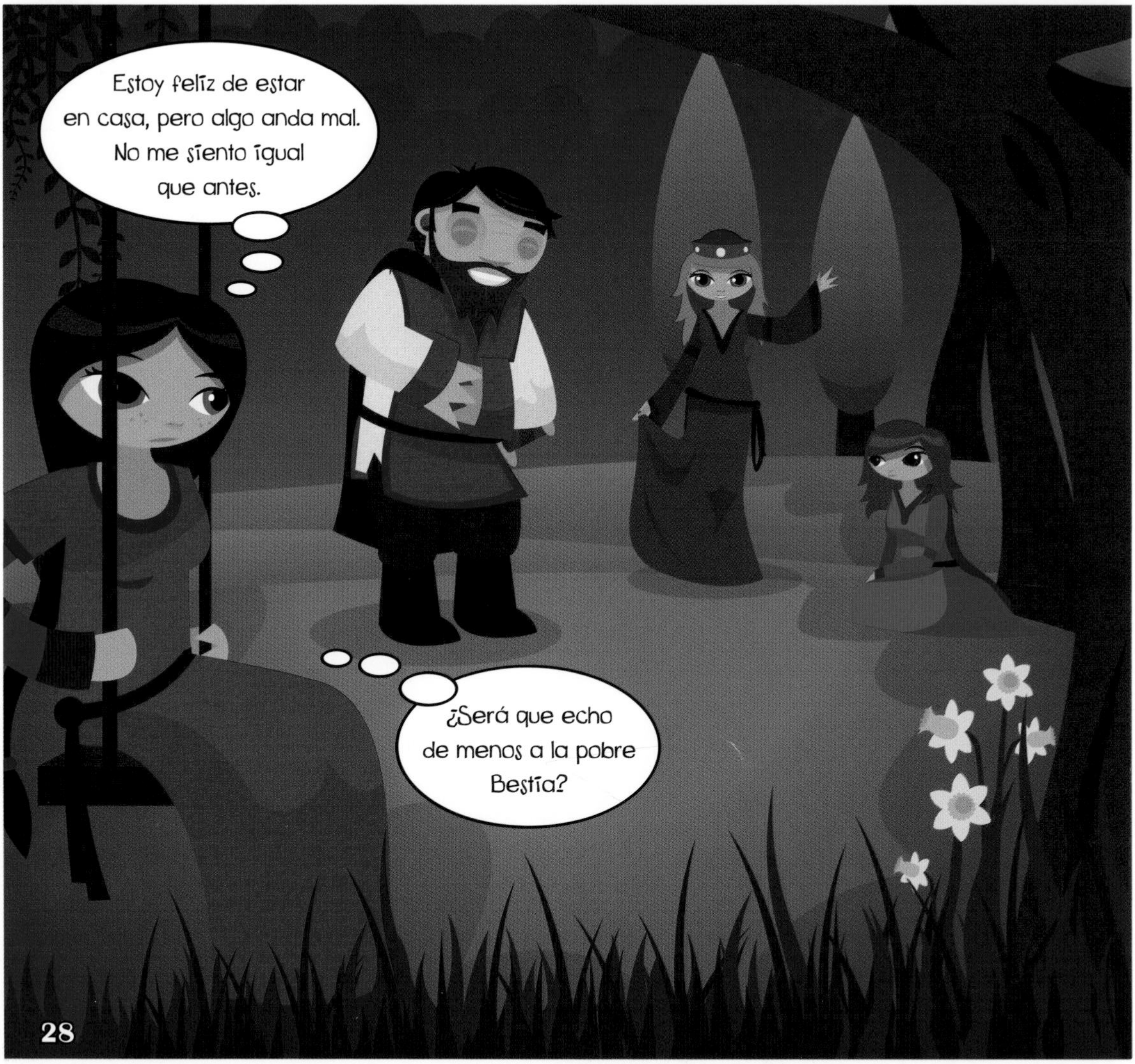
Estoy feliz de estar en casa, pero algo anda mal. No me siento igual que antes.
¿Será que echo de menos a la pobre Bestia?

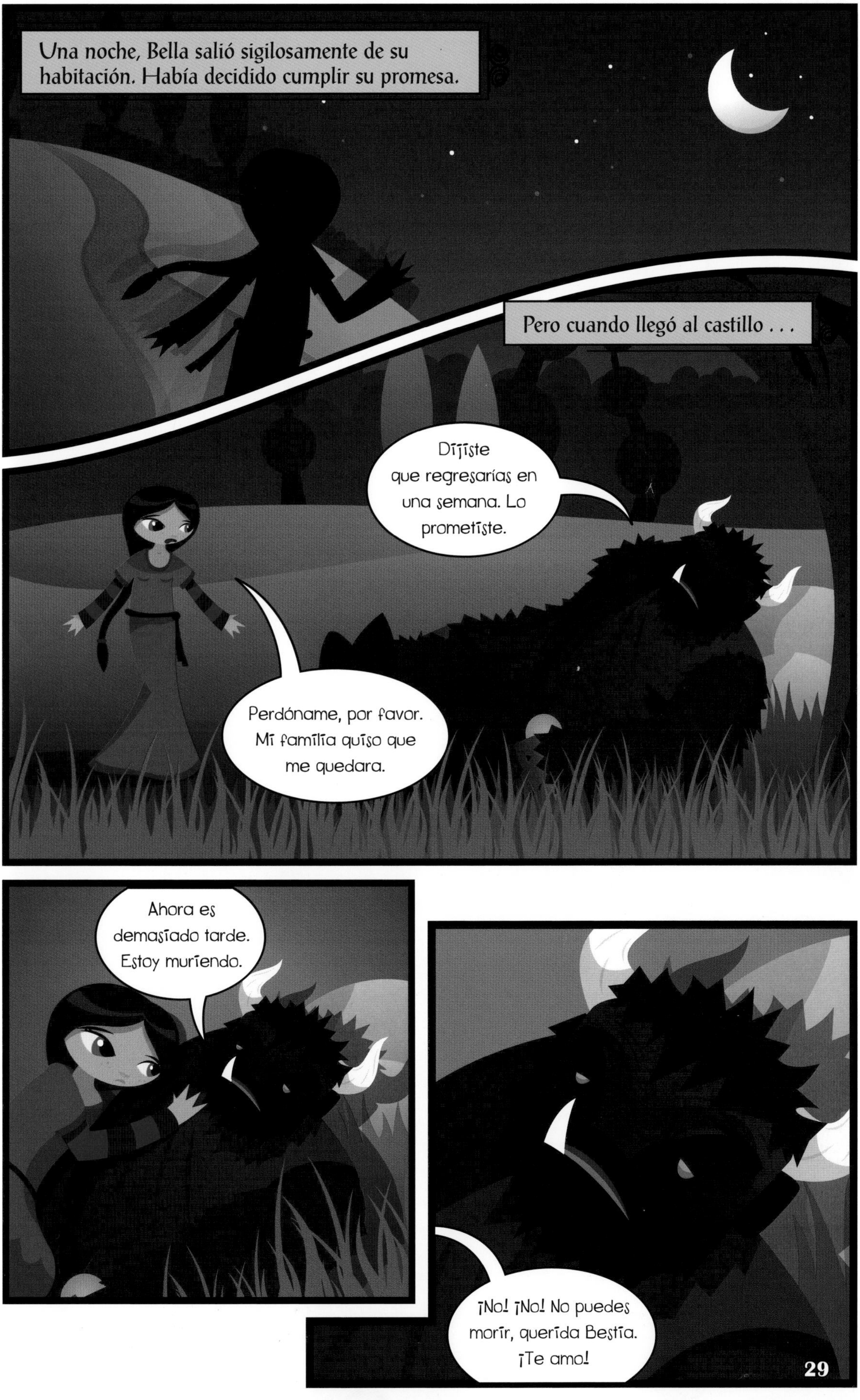
Una noche, Bella salió sigilosamente de su habitación. Había decidido cumplir su promesa.
Pero cuando llegó al castillo . . .
Dijiste que regresarías en una semana. Lo prometiste.
Perdóname, por favor. Mi familia quiso que me quedara.
Ahora es demasiado tarde. Estoy muriendo.
¡No! ¡No! No puedes morir, querida Bestia. ¡Te amo!

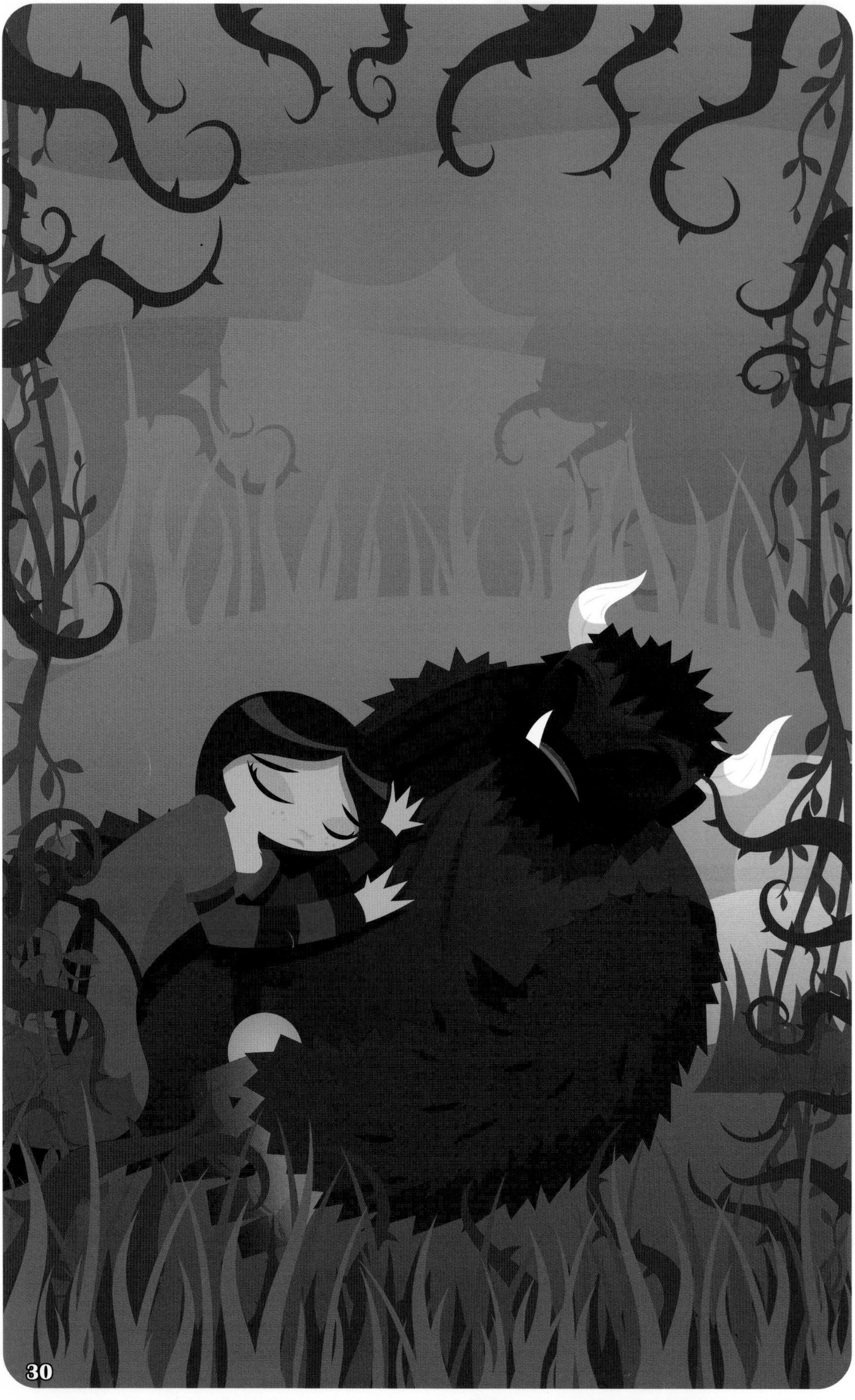

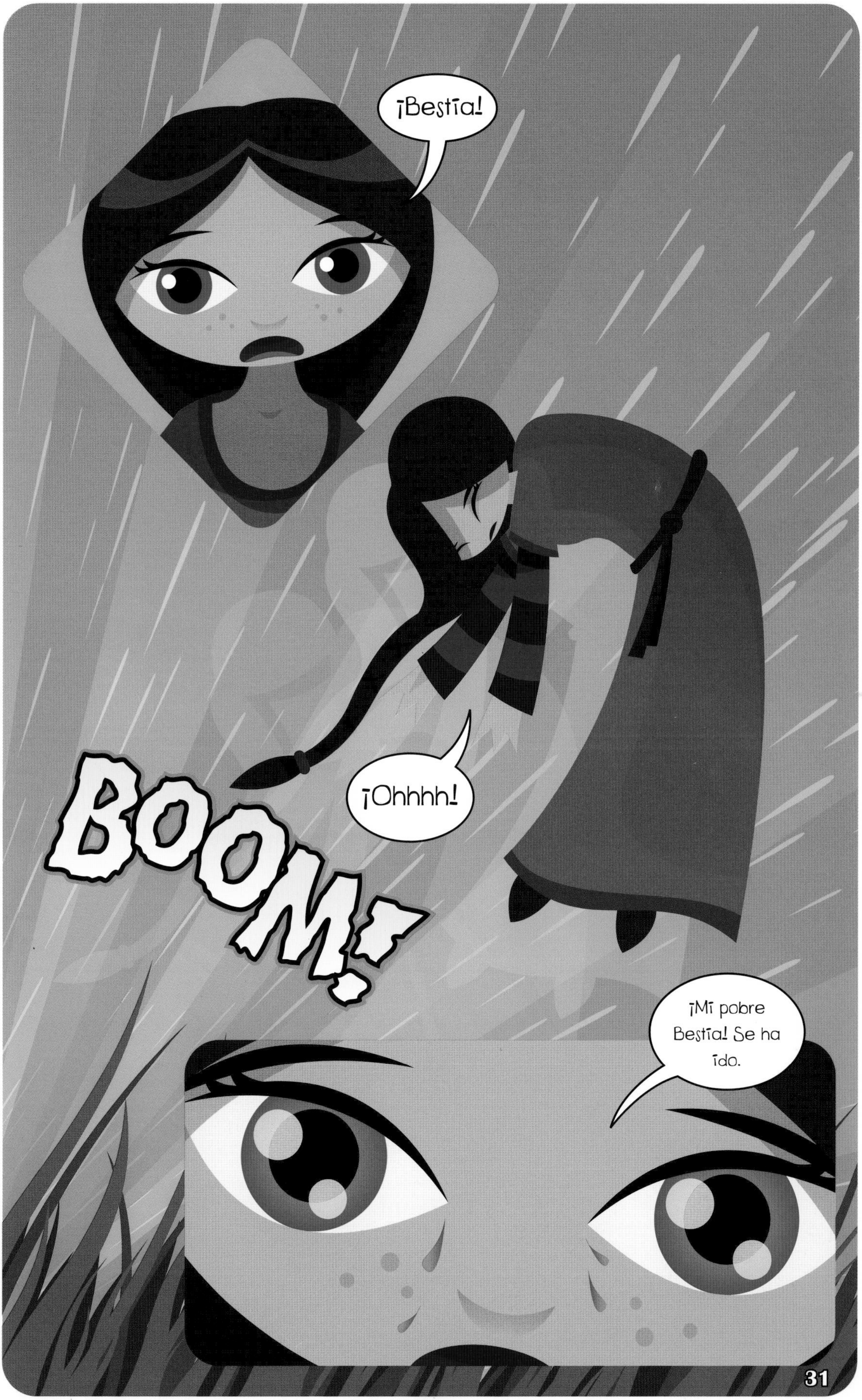
¡Bestia!
¡Ohhhh!
BOOM!
¡Mi pobre Bestia! Se ha ido.

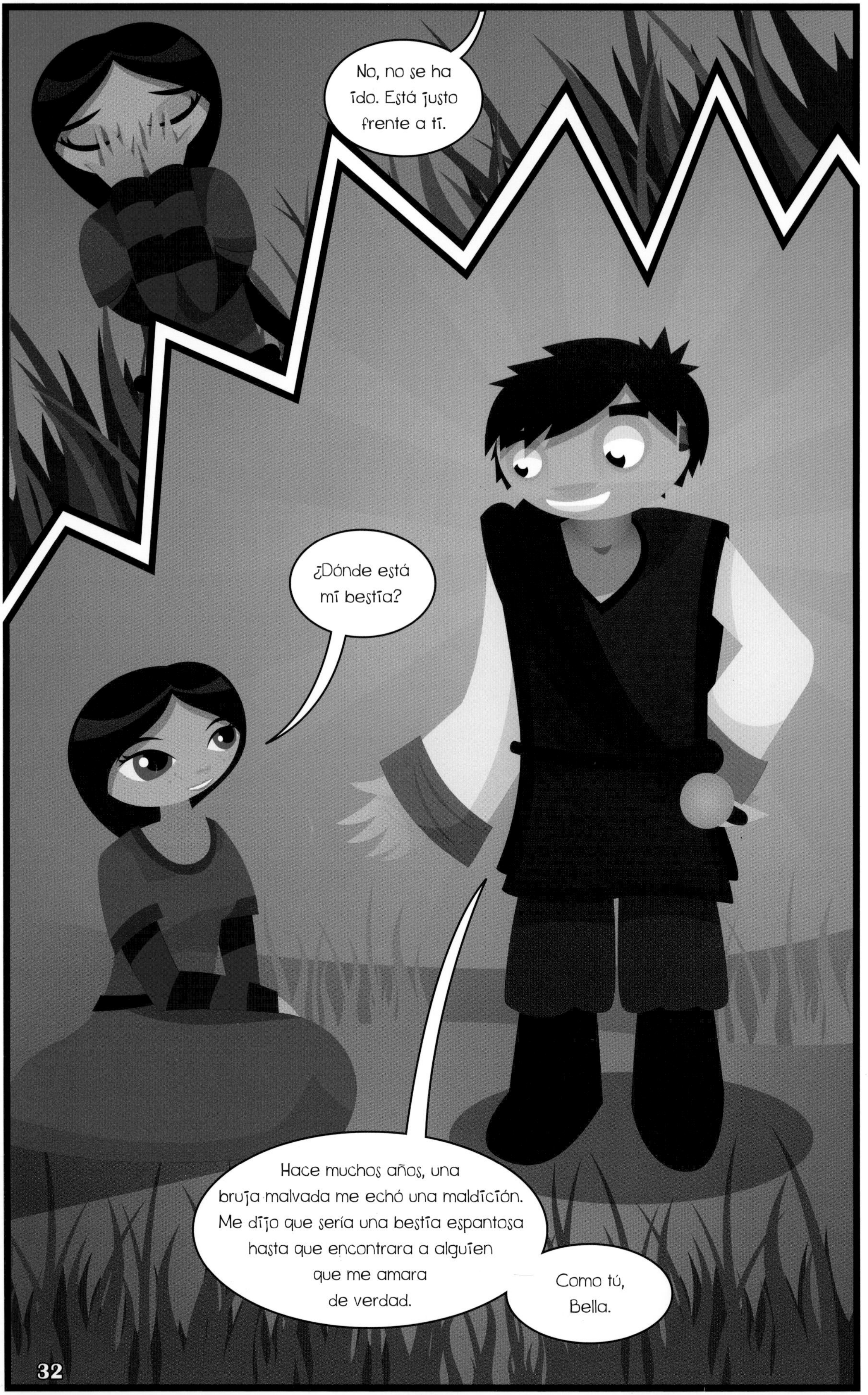
No, no se ha ído. Está justo frente a tí.
¿Dónde está mí bestía?
Hace muchos años, una bruja malvada me echó una maldicíón. Me díjo que sería una bestía espantosa hasta que encontrara a alguíen que me amara de verdad.
Como tú, Bella.

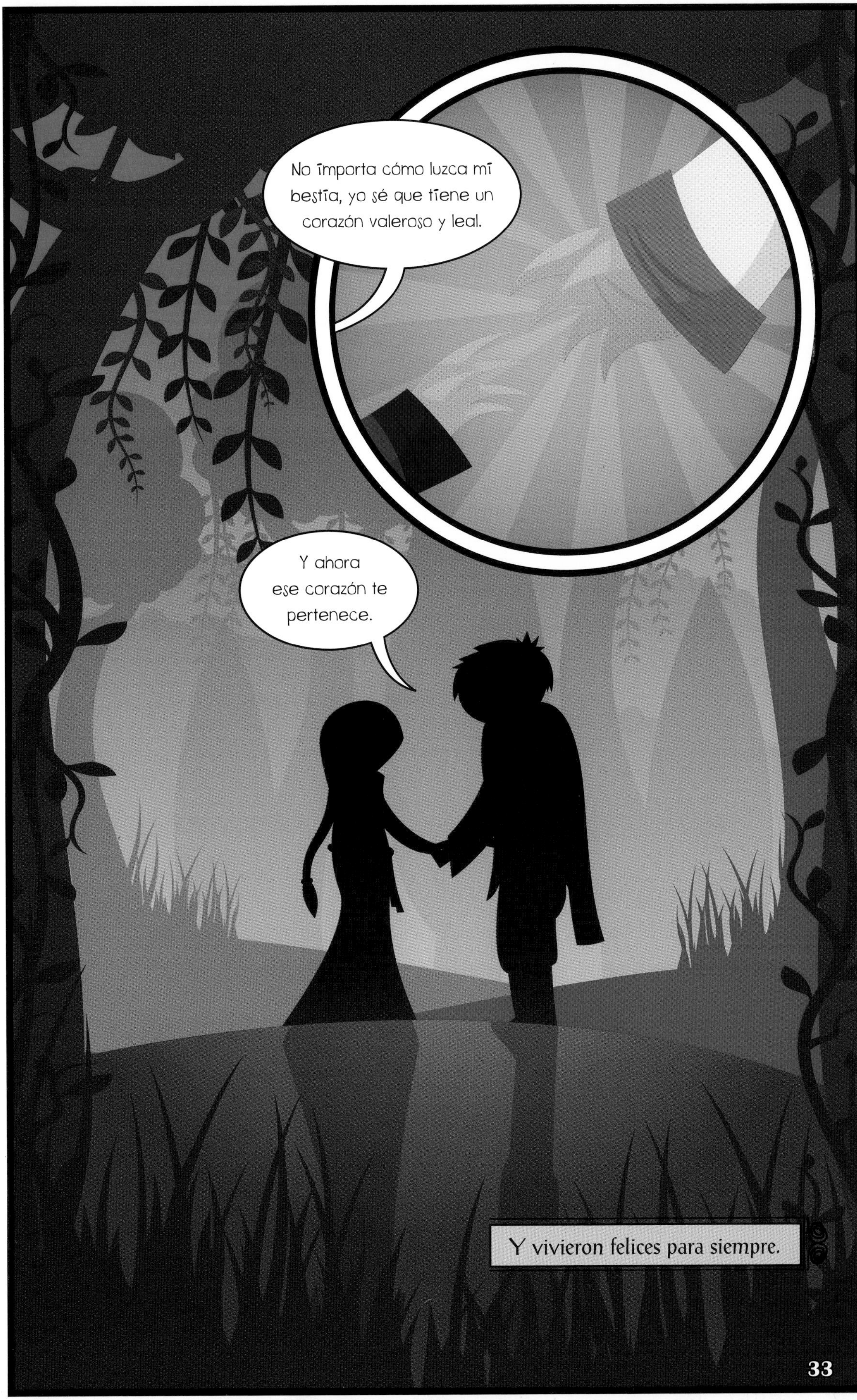
No importa cómo luzca mi bestia, yo sé que tiene un corazón valeroso y leal.
Y ahora ese corazón te pertenece.
Y vivieron felices para siempre.

ACERCA DEL AUTOR

Michael Dahl es autor de más de cien libros para niños y adolescentes. Ganó dos veces el premio AEP al logro distinguido por sus obras de no ficción. Su colección de misterio Finnegan Zwake quedó seleccionada entre los cinco mejores libros de misterio para niños por los premios Agatha en 2002 y 2003. Colecciona libros sobre veneno y cementerios y vive en una casa encantada en Minneapolis, Minnesota.

ACERCA DEL ILUSTRADOR

Luke Feldman es un ilustrador, animador y diseñador de Australia. Trabaja hace más de diez años en proyectos de alto perfil para grandes corporaciones como Microsoft y Coca Cola. También trabajó en colaboración cercana con el Ministerio de Educación australiano en el desarrollo de animaciones y juegos interactivos para niños.

GLOSARIO

amablemente: si alguien trata a otro amablemente, es amistoso, servicial y generoso

carruaje: vehículo con ruedas, a menudo tirado por caballos

costoso: que cuesta mucho dinero

describió: creó una imagen de algo con palabras

doncella: mujer joven y soltera

dulzura: si alguien demuestra dulzura, es amable y bondadoso

exige: pide algo de manera firme

leal: fiel o firme en su apoyo a su país, familia, amigos o creencias

mercader: alguien que vende bienes para obtener ganancias

precioso: poco común y valioso

reencuentro: reunión de personas que no se ven desde hace mucho tiempo

valeroso: valiente o intrépido

La Historia de la Bella y la Bestia

El cuento de LA BELLA Y LA BESTIA se remonta a cientos de años atrás. Antes de que se la registrara de manera escrita, la historia pasó de persona en persona por muchas generaciones.

En parte inspirada por esos relatos orales, la escritora francesa *madame* Gabrielle de Villeneuve escribió la primera versión conocida de LA BELLA Y LA BESTIA en 1740. La idea de Villeneuve era que los lectores de su historia fueran adultos y no niños. La historia, un cuento medianamente largo, era casi tan larga como una novela. Incluía muchas partes que luego se eliminaron, como información sobre la infancia de la bestia. Posiblemente, la mayor diferencia esté en el final del relato de Villeneuve. En su versión, la bestia no se vuelve a transformar en príncipe. Esta parte de la historia se agregó dieciséis años más tarde.

En 1756, otra escritora francesa, *madame* Le Prince de Beaumont elaboró la versión más conocida del cuento de hadas. El relato de Beaumont era mucho más corto que la historia de Villeneuve y además apuntaba a lectores más jóvenes. La nueva versión pronto adquirió popularidad, y un año más tarde la historia se tradujo del francés al inglés.

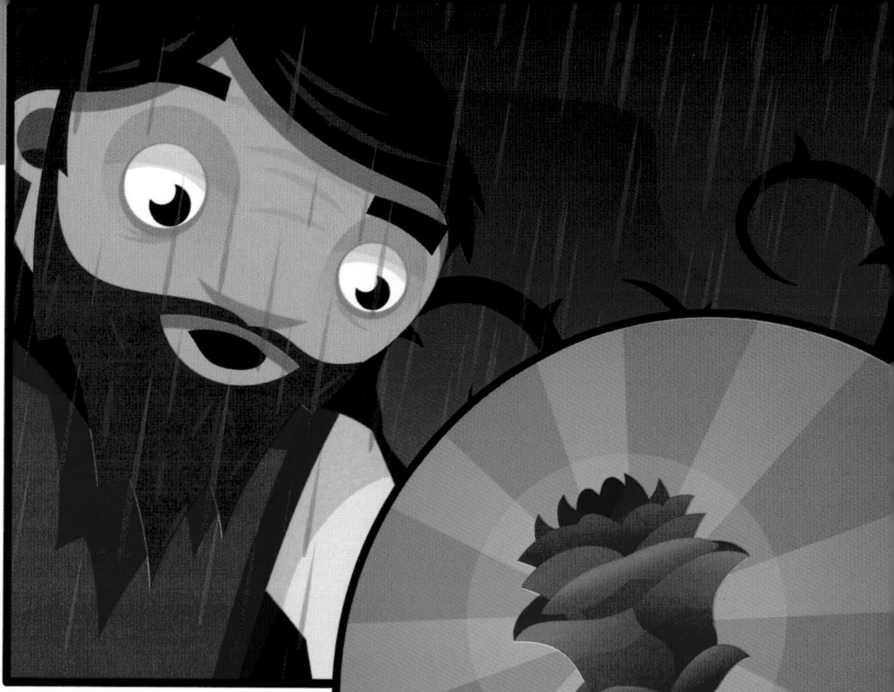

Desde entonces, la historia se contó en miles de versiones en libros, obras de teatro y en el cine. El 13 de noviembre de 1991, la Walt Disney Company lanzó la versión animada de LA BELLA Y LA BESTIA en cines. La película se convirtió en un éxito rápidamente. Es la única película animada que recibió una nominación a Mejor Película en los premios de la Academia.

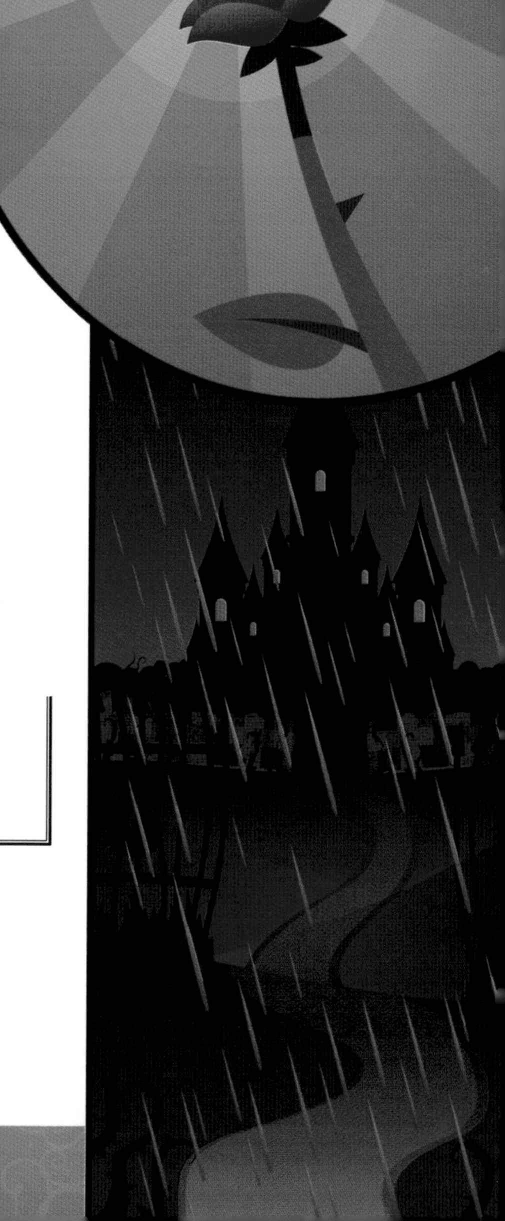

PREGUNTAS PARA DEBATIR

1. El padre de Bella le pregunta a sus hijas qué les gustaría que él les trajera de su viaje. Dos de las hijas quieren vestidos y joyas, pero Bella sólo quiere una rosa. ¿Qué dice eso sobre el personaje de Bella? ¿Qué clase de persona es ella?

2. La familia de Bella no quiere que ella regrese al castillo de la Bestia. ¿Por qué crees que ella decidió regresar de todas formas?

3. Con frecuencia los cuentos de hadas se cuentan una y otra vez. ¿Habías escuchado el cuento de La Bella y la Bestia antes? ¿En qué se diferencia esta versión del cuento de las otras versiones que escuchaste, viste o leíste?

CONSIGNAS DE ESCRITURA

1. Los cuentos de hadas son historias de fantasía que a menudo tratan sobre magos, duendes, gigantes y hadas. La mayoría de los cuentos de hadas tienen finales felices. Escribe tu propio cuento de hadas. Luego, léeselo a un amigo o a alguien de tu familia.

2. El padre de Bella dijo que sus hijas podrían tener lo que quisieran. Si pudieras tener cualquier cosa, ¿qué sería? Describe por qué elegiste eso.

3. El cuento dice que la Bella y la Bestia "vivieron felices para siempre". Escribe un cuento sobre su vida juntos. ¿Se casarán? ¿Irá la familia de Bella a vivir con ellos? Usa tu imaginación.